In die Lagune

Transfer LXXIII

Giuseppe Zigaina

In die Lagune

Aus dem Italienischen von
Karin Fleischanderl

Folio Verlag

Die Originalausgabe ist 1995 unter dem Titel „Verso la laguna“ bei Marsilio Editori erstmals erschienen.

Die Handzeichnungen auf dem Umschlag und auf der Haupttitelseite stammen von Paul Thuile.

Alle Fotos im Buch hat freundlicherweise Giuseppe Zigaina aus seinem Privatarchiv zur Verfügung gestellt.

Graphische Gestaltung: Dall'O & Freunde
Druckvorbereitung: Graphic Line, Bozen
Druck: Dipdruck, Bruneck

ISBN-10: 3-85256-347-X
ISBN-13: 978-3-85256-347-3

(ital.) ISBN-10: 88-86857-72-1
(ital.) ISBN-13: 978-88-86857-72-7

www.folioverlag.com

[Inhalt]

Landschaft als Anatomie

Der Anfang ist immer derselbe. Die Platte ist eine dunkle Oberfläche, die sich kalt anfühlt. Da ist eine Distanz, da herrscht Misstrauen. Dann beginnt die Nadel zu ritzen, mit einer unsicheren, schüchternen und zugleich entweihenden Geste. Aber jedes Zeichen braucht zu seiner Unterstützug ein weiteres, und deshalb fährt man fort. Vorsichtig. Die teerige Schicht, die von der Nadel ausgehoben wird, liegt in feinen Klümpchen an den Rändern und wirkt wie ein Reflex: wie der leuchtende Widerschein von Wasser. Dann erwärmt sich das Zink langsam, seine Temperatur und die der Hand gleichen sich an, vermischen sich, und das Metall ändert seine Beschaffenheit. Und gärt. Wird nächtlicher Himmel, Erde, Lagune oder Schiefertafel der Erinnerung. Und das Auge, das der Bewegung der Hand folgt, wird zur blitzenden Spitze eines Skalpells. Ja, genau dort befindet sich das Auge, am Ende des Stichels.

Und dann geschieht das Wunder, natürlich nicht gleich und auch nicht immer.

Hin und wieder ist das Wachs wie die Oberfläche eines gehäuteten Gesichts: die Haut wird abgehoben und fixiert. Mit der Nadel folgt man den Nerven, die den Kaumuskel versorgen; zuerst den tiefliegenden, die vor dem quer verlaufenden Schläfen-Kiefer-Band abbrechen.

Aber wenn ich mich nun einen Augenblick lang ablenken und die Phantasie schweifen lasse, befinde ich mich – vielleicht etwas gebückt – auf derselben Höhe; eine Zeitlang, allerdings nur in

Augenblicken der Gnade, kauere ich in einer Augenhöhle, klettere ich zum Jochbein hinunter, um die Risse nachzuziehen, gehe ich zwischen den Streifen des Gesichtsmuskels spazieren.

Ich bin ein Gnom in einem grenzenlosen Märchenland.

Andere Male hingegen, wenn ich von oben – aus der Perspektive einer Möwe – die Ränder einer Lagune nachziehe, klettere ich augenblicklich über den schützenden Damm und laufe über die grasbewachsenen Terrassen dahinter, um die Weidenruten oder ein paar Wurzelstöcke an den Fluchtlinien der Äcker zu markieren. Jede Furche ist ein Zeichen, jede Weidenrute ist ebenfalls ein Zeichen. Wenn sie am Rande eines Grabens immer dichter werden, kann sich daraus eine Larve entwickeln und dann, mit etwas Hartnäckigkeit, eine Puppe oder ein riesiger Käfer. Aber mittlerweile befinde ich mich nicht mehr weit oben, nicht mehr auf einem Plateau zwischen dem Matajur und der Hermada, das nur ich kenne, sondern auf der Höhe des Grases, zwischen den Graswurzeln.

Mit der Spitze der Nadel zeichne ich das Profil der Fühler, die vielfältigen Façetten der Augen, das zarte Mosaik der Flügel ... und dann, weiter unten, die winzigen Reste einer eben verzehrten Mahlzeit: ein paar schwarz getüpfelte Eier – inmitten von Blütenstaub – Fäden, Flaum, Stacheln und andere, mikroskopisch kleine Reste von Insekten.

Aber Maßstäbe sind eine Erfindung des Menschen; er misst alles an seiner Größe. Während in Wirklichkeit alles gleichzeitig klein und groß ist.

Die aufregendste Erfahrung in dieser Hinsicht besteht darin, zu Fuß, mit kurzen Atempausen, den Bahnen der Gehirnnerven zu folgen. Der Hirnstamm ist in Pfeilrichtung aufgeschnitten. Nehmen wir die rechte Hälfte. Inmitten dieser Einöde wirkt er wie ein riesiger, sinnloser, absurder Hügel. Von außen oder aus der Perspektive eines nicht menschlichen Wesens gesehen ist er tatsächlich eine Landschaft. Er besteht aus einem Kogel in der Mitte, der auf der rechten Seite steil abfällt; links hingegen befindet sich ein etwas sanfterer Abhang. Ich denke an die friaulischen Hügel, an die Grenze: Im Frühjahr werden sie von Ackereggen durchfurcht ...

Aber von innen gesehen, ist der Hügel eine Höhle, eine riesige Karstgrotte. Während ich mich in der immer durchlässiger werdenden Dunkelheit der Nacht vorantaste, fühle ich mich an die riesige Schale einer Nuss erinnert, die entlang ihres großen Spalts aufgebrochen worden ist. Auch in diesem Fall haben wir es mit zwei Halbkugeln zu tun, die Windungen sehen fast genauso aus. Sie sind stumm, es fehlt die Jensen-Zwischenrille und auch der Silvio-Seitenspalt (Silvio ist ein Freund von mir, ich muss ihm Glückwünsche bestellen). Und sie sind ebenfalls völlig leer. Sowohl in geöffnetem als auch in geschlossenem Zustand „bieten sich" (wie man in einem Fremdenverkehrsprospekt sagen würde) der Schädel und die Nussschale als zwei verwirrende Landschaften an, „die wie bei einer Überblendung ineinander übergehen. Das Geheimnis dieser Ähnlichkeit bleibt natürlich bestehen ... Aber es ist besser, nicht darüber nachzudenken, denn sonst wird man abgelenkt und verliert den Faden.

Die Nadel muss immer spitz sein.

Aber es darf keinen Abstand zwischen ihrer glatten Spitze und der Pupille des Auges geben. Nur so verschwinden die unterschiedlichen Dimensionen, die Beziehungen und die gewohnten Perspektiven. Und nur so kann man weitermachen. Ach ja, etwas habe ich vergessen: Inzwischen ist es nicht mehr „Musik", sondern etwas anderes ... Mozarts „Requiem" ist die einzige erträgliche, um nicht zu sagen, die einzige notwendige Dimension.

Wir sprachen gerade von der Höhle. Hier gibt es keine Stalagmiten, und wenn sie dennoch in der Erinnerung aufgrund einer verqueren Ähnlichkeit auftauchen, sind sie ganz anderer Art. Sie unterliegen nicht den Gesetzen der Schwerkraft, sondern jenen einer merkwürdigen Funktionalität. Wenn man diese monströsen Rohre sieht (ich meine, mit der Nadel zeichnet), denkt man allenfalls an einen Schiffsmotor, an ein archaisches Musikinstrument oder an das Innere eines Raumschiffes. Ich habe noch nie ein Raumschiff gesehen. Um so besser, denn im Bauch des Hügels herrscht die Atmosphäre des Traumes. Müsste ich meine Empfindungen genauer beschreiben, würde ich allerdings von einem Narkosetraum sprechen.

An einen Traum dieser Art werde ich mich immer erinnern. Er hat sich meinem Gedächtnis auf immer und ewig eingeprägt, und zwar als ich in den Uffizien vor einem geheimnisvollen Bild stand. Dieses Bild hat blitzartig und unerwartet eine Erinnerung heraufbeschworen. Die warme und klangvolle Atmosphäre des Bildes – auf dem allerdings ein kalter, erstarrter Tumult dargestellt ist – entspricht genau der Stimmung eines Traumes, den ich unter Narkose hatte.

Im Traum sah ich ein Zimmer oder eine Höhle: und mitten drin eine tiefe, viereckige Grube. Darin wiederum befanden sich Lichtkreise, nebeneinander hängend und wie von zwei entgegengesetzten magnetischen Feldern in der Schwebe gehalten, die ganz leicht vibrierten und dabei einen Ton von sich gaben, der gleichzeitig auch ein Licht war, allerdings ein schwaches, wie von einem Feuer kurz vor dem Verlöschen.

Aus diesem Grund ist das Bild in den Uffizien das Bild meines Lebens geworden. Ich habe sogar Angst davor, noch einmal hinzugehen und es zu besichtigen. Wenn ich es mir recht überlege, versetzt mich seine Atmosphäre in einen Zustand des Rausches; die ich allerdings nur in einer anderen Dimension der Realität nachvollziehen kann.

Ich erinnere mich, wie ich einmal als Kind in die Kirche ging – es war ein Sommernachmittag und man sprach vom Abessinienkrieg – und vom Duft eines Geißblattstrauches, der hinter einer inzwischen abgerissenen Mauer hervorlugte, auf genauso hinterhältige Weise wie von der Narkose und genauso brutal wie von dem Tafelbild in den Uffizien überwältigt wurde.

Damit möchte ich sagen, dass dieser Duft noch immer die Erinnerung an diese lange vergangene Zeit und an diesen Augenblick in mir hervorruft und mich zum Zittern bringt ...

Ich weiß, dass all das mit Worten nicht auszudrücken ist. Doch ich versuche es. Nicht zum Ausdruck zu bringen oder nicht beschreibbar sind vor allem die Vorgänge in meinem Hirn, wenn es zutiefst widersprüchliche Sinneseindrücke produziert, vor allem was

Substanz, Zeit und Raum anlangt. Oder wenn es diese Kategorien zum Verschwinden bringt und ihre Umwandlung bewirkt.

Manchmal, wenn ich mein altes Anatomiebuch durchblättere, betrachte ich die Unterseite des Endhirns. Ich sitze da und träume mit offenen Augen. Und während ich seine Windungen betrachte, verspüre ich dieselbe Verwunderung und dasselbe Unbehagen wie bei der Betrachtung des Grand Canyon. Wenn man in diese Schlucht hinunterblickt, empfindet man einen Schwindel, der dem Unbehagen, das mir der lange zurückliegende Duft des Geißblattes oder das Bild in den Uffizien verursacht hat, sehr ähnlich ist (nur, damit wir uns recht verstehen).

Das ist auch nicht weiter verwunderlich. Der Riechkolben am Rande des großen Spaltes – des Grand Canyons des Hirns – liegt unglaublich nah an den Sehnervverzweigungen. Wenn man sich über den Abgrund beugt, kann man tief unten sogar die Gabel sehen, die den Riechkolben mit dem Sehstrang des Silvio-Seitenspalts verbindet.

Es mag unglaubwürdig klingen, aber wenn ich die Platte mit der Nadel abschabe und grausam die Kolben freilege, die Verbindungen, die Verdickungen der Rohre, die durch die Höhle laufen, den augenbewegenden Nerv, den Trochlearnerv, den Trigeminus, die Speicheldrüse ... fühle ich mich von einer vertrauten, beinahe mütterlichen Umgebung umhüllt, wie wenn ich das Licht ausmache und mich schlafen lege.

Ich bestehe darauf, die Nadel zu verwenden. Und durch den Wirrwarr der Zeichen schimmert immer mehr das Zink durch. Aber selbst wenn die Zeichen tausendmal miteinander verbunden werden, sind sie nicht imstande, die tönende Luft der Höhle oder die Wolken rund um das Raumschiff hervorzubringen. Eine gewisse Luftigkeit erreicht man nur, wenn man die Platte mit Lösungsmitteln abwischt: zuerst mit dem Pinsel, dann mit dem Malfetzen. Oder gleich mit der Hand. Unsere Haut ist das unregelmäßigste Gewebe, das es gibt: auf der Platte hinterlässt es die Spuren seiner Einzigartigkeit. Hin und wieder kommt einem eine Gottheit zu Hilfe, oder eine Wut, oder die wilde Lust, sich mit der Glückseligkeit einer Möwe zu bewegen. Von den Rändern des Raumschiffs, das von unten beleuchtet wird wie eine riesige Wolke von einer Wasserfläche, lasse ich Harz tropfen wie Wasser bei einem Wolkenbruch; der Teer löst sich in Schichten auf, die sich wie zufällig anordnen, und eine Lichtlawine bricht hervor wie eine großartige Erfindung, ist aber reine Illusion. Die Lösung ist „aufgehoben". Nun nimmt die Vorstellungskraft vorweg, was in ein paar Tagen passieren wird. In der Säurewanne wird sich der Glanz in einen berauschenden Dunst auflösen, um schließlich in das schwärzeste Schwarz überzugehen.

Manchmal ertappe ich mich dabei, darüber nachzudenken, was in meinem Hirn vorgeht, während ich eine Radierung anfertige.

Am Anfang, nach einem schier endlosen Ritual, konzentriere ich mich auf die lästigen, aber unvermeidlichen technischen Probleme; die Nadel widersetzt sich, das Licht spiegelt, oder das Wachs bleibt auf der Handfläche kleben. Und in dem Augenblick, in dem ich versuche, Abhilfe zu schaffen, entgleist der Gedanke und weigert sich aus irgendwelchen Gründen, Augenblicke, die zumeist unangenehm und entmutigend sind, aus der jüngeren und ferneren Vergangenheit in einen Zusammenhang zu bringen. Aber derweil schreitet die Arbeit voran; in handwerklicher Hinsicht ist alles in Ordnung. Man überlegt sich, wie die Komposition aussehen und an welchen Stellen man eingreifen soll; und schlussendlich fasst man Mut und zieht kühn ein paar entschiedene und nicht mehr zu löschende Zeichen. Mit einem Wort, von nun an gibt es kein Zurück mehr.

Wenn die Nadel allerdings bei einem Detail innehält, zum Beispiel den Bauch eines Insekts zeichnet und in die Form eindringt, nicht existierende Strukturen erfindet oder menschliche Strukturen überträgt, oder ein unsichtbares Gewirr von Zeichen und Fäden ausbreitet – mit einem Wort, sobald man diese Schwelle überschritten hat, befindet man sich in einer anderen Welt. Nun kommt es darauf an, sich nicht von irgendetwas banal Realistischem, das in diesem Augenblick unbedingt da sein will, ablenken zu lassen. Es gibt keine größere Einsamkeit als diese.

Aber sie ist nicht von Dauer, denn das Hirn spaltet sich. Entweder in Form eines fulminanten Sprungs oder einer langsamen Verwandlung. Es kann passieren, dass ein Teil meines Hirns zu verbalisieren oder (wie ich es ja auch im Augenblick tue) mit naiver Wissenschaftlichkeit auszudrücken versucht, was ich empfinde, während der andere Teil in Einsamkeit meinen Schritten entlang der Fluchtlinien von Furchen in der anatomischen Landschaft folgt, die meine Hand in eben diesem Augenblick mit schlafwandlerischer Glückseligkeit entwirft.

Im Bild versinken.

Wenn es gelänge, diese Erfahrung in ihrer ganzen Konsequenz, mitsamt all den mit ihr verbundenen geistigen und körperlichen Prozessen zu erklären, wäre es, als würde man im Wachzustand sich selbst beim Träumen zusehen und darüber reflektieren. Ich habe viel darüber nachgedacht. Vor allem am Abend, vor dem Einschlafen. Manchmal komme ich aufgrund des Bedürfnisses, all meine Gefühle zu analysieren, zu dem Schluss, dass der Grund und die Begründung für diese kafkaeske Spaltung in der Struktur des Hirns liegen müsse. Bei anderen Gelegenheiten überlasse ich mich der irrationalen Reise zurück in die Vergangenheit und lasse mich einlullen, wie es einem ansonsten nur im Zug passiert, wenn die Landschaft an den Augen vorbeizieht. Oder ich lasse mich von „dem, was nicht zu erkennen ist", an der Hand führen und finde Formen und Fragmente aus einer lange vergangenen Zeit wieder, die „erklären", was mir an Unsagbarem zustößt.

Als Kind flehte ich meine Mutter zwar immer wieder an, sie möge mir Freunde suchen, doch eigentlich liebte ich die Einsamkeit. Mitten in der Nacht fuhr ich mit dem Fahrrad hinaus aufs Land. Und wenn das Schweigen absolut war, streckte ich mich auf einer Getreidegarbe aus, die noch warm von der Julisonne war. Und dachte: „Ich befinde mich auf dem höchsten Punkt der Erde, über mir ist nichts ..."

Das Gefühl, das ich dabei hatte und in das sich Freude und Schrecken mischten, kann ich nur als heilig bezeichnen. Jedenfalls war es kein Gefühl der Zufriedenheit, sondern ein Gefühl von Euphorie und Kreativität. Ja, vielleicht lag dieses Versinken im Bild am Anfang meiner Metamorphose, meiner Ich-Spaltung ...

Allmählich wurde die Stille von einem undeutlichen und unheimlichen Tönen abgelöst, das weniger aus Klängen als vielmehr aus Assonanzen satter und transparenter Farben bestand. Aus dem Dunkel trat langsam das silbrige Grün der Weiden hervor, das Dunkelgrün der Luzerne, das etwas zartere Grün des Mais; und das schwefelgelbe Viereck der Stoppelfelder bildete den Rahmen dieser malerischen Vision. Aus der Dunkelheit trat mir eine andere Wirklichkeit entgegen.

Wenn man eine Radierung anfertigt, ist es, als legte man die Erinnerung Schicht um Schicht frei; hier und da findet man Fäden, die herumliegen wie tote Drähte, wie Wurzeln, die aus fernen Epochen auftauchen. Und dann, aufgrund einer geheimnisvollen Intuition oder einer Gnade oder einfach weil ein Enzym in der Luft liegt – ich weiß nicht, wie ich dieses Etwas, das den Prozess in Gang setzt, sonst beschreiben sollte –, nehmen wir die Fäden in die Hand und bringen sie miteinander in Verbindung. Sobald der Kreislauf geschlossen ist, bringen sie etwas hervor, das auf der untersten Ebene nicht zu entschlüsseln ist, in einem anderen Zusammenhang und auf einer höheren Ebene vielleicht jedoch an Bedeutung gewinnt.

Im Bild versinken. Ich glaube, dass man es durchaus so bezeichnen könnte. Im Grunde ist es, als ob man in die innere Logik einer anderen Realität eindringen würde; oder anders ausdgedrückt, als ob man in dem Prozess, der gerade vor sich geht, beinahe wie durch Zauber eine Reihe formaler Eigenschaften entdeckte, die in derart enger Beziehung zueinander stehen, dass sie am Ende eine „andere" Struktur ergeben.

Etwas Ähnliches geht wohl in einem leidenschaftlichen Leser vor, wenn er es mit einer vielschichtigen Erzählung mit „offenem Ende" zu tun hat, die programmiert ist wie eine Bombe ... Um sie zu entschärfen oder im richtigen Augenblick explodieren zu lassen, was im Grunde dasselbe ist, muss er die Strategie des Autors, beziehungsweise sein Beschreibungsmodell erkennen: Mit einem Wort, er muss voraussetzen, dass es „eine Absicht und ein Geheimnis" gibt. Und das bedeutet, in das Abwehrsystem des Autors einzudringen. Eine Radierung anzufertigen und auf inspirierte Weise eine Geschichte zu lesen, sind tatsächlich analoge Vorgänge. Die Werkzeuge, die man dafür braucht, Nadel, Skalpell und Auge, das Auge am Ende des Stichels, sind ähnlich und austauschbar. Mit dem einzigen Unterschied, dass der erste Prozess, der leichtere, ursprünglichere, unschuldigere, ganz im Zeichen der rechten Gehirnhälfte steht; während der letztere, jener des Lesens, von außen mithilfe der linken Gehirnhälfte gesteuert wird (um ihn in seiner Ganzheit zu erfassen).

Der erste versinkt im Bild, der zweite in der Theorie.

Und wenn dann die beiden Gehirnhälften auch noch zusammenarbeiten, um sich gegenseitig Informationen über die Art und Weise zu liefern ...

Die Reise ins Jenseits

Mein Elternhaus war nur wenige Schritte von einem Bahnübergang entfernt. Es war sehr einfach: drei Fenster und ein Tor, wie auf einer Kinderzeichnung. Wenn man es betrat, hätte man nie und nimmer erwartet, nach ein paar Stufen und einem im Halbdunkel liegenden Gang plötzlich vor einem Innenhof zu stehen, der genauso klein wie das Haus, im Sommer jedoch kühl und hell wie ein andalusischer Patio war. Ein viereckiger Hof, dessen intime Atmosphäre durch die Tatsache verstärkt wurde, dass er tiefer lag als die Straße, und der auf der einen Seite von einer lichtdurchfluteten Veranda begrenzt wurde, die auf ihn hinausragte, sowie von zwei sehr hohen Ziegelwänden zur Rechten und zur Linken; auf der Wand, die stärker der Sonne ausgesetzt war, wuchs wilder Wein, der zu jeder Jahreszeit in einer anderen Farbe leuchtete: zartgrün im Frühling, dunkelrot im Herbst. Auf der vierten Seite war der Hof zum Garten hin offen, zu einem winzigen Stück Land, das von der Eisenbahnböschung begrenzt wurde und bestimmt im Westen des Hauses lag, denn die Sonnenuntergänge, die sich auf der gegenüberliegenden Seite in den Glasfenstern der Veranda spiegelten, verwandelten das Haus in eine Theaterkulisse. Zwischen dem Hof und dem Garten, dessen Beete immer, sogar im Winter, gepflegt waren, befand sich ein Metallzaun, der zwar geflickt, aber mit allen möglichen Vorrichtungen versehen war, die jemand angebracht hatte, um Menschen und Tieren mit allen Mitteln den Zutritt zu verwehren. Und obwohl es nie ausgesprochen wurde, war es doch eindeutig, dass man diesen Zaun meinetwegen errichtet hatte und nicht wegen der Hühner, die auf winzigstem und ebenfalls eingezäuntem Raum nach Insekten pickten. Aber das begriff ich erst später, als ich den Hof zum Schauplatz meiner kindlichen oder auch frühkindlichen Erfahrungen machte, denn hier, in einem in allen Farben des Regenbogens schimmernden Licht, entdeckte ich die Welt. Alle ihre Geheimnisse zu erforschen, war nicht einfach, nicht nur, weil das „Terrain" nahezu unerschöpflich war, sondern auch, weil mein Vater es bei seinem Sonntagsputz regelmäßig umkrempelte. Der Alte stand im Morgengrauen auf und arbeitete stundenlang, emsig wie eine Biene, in irgendwelche Gedanken versunken. Nachdem er eine sorgfältige Auswahl getroffen hatte, ordnete er alles neu an, allerdings nicht nach Kriterien einer eventuellen zukünftigen Nützlichkeit, sondern, sofern es sich um Holzbretter handelte, nach Größe, Breite und Qualität, und, als die alten Gefäße drankamen, nach Fassungsvermögen und Durchmesser: angefangen bei den Fünfliter-Konserven, in denen Kleister angerührt wurde, bis hin zu den Schuhcremedosen, die dazu dienten, unterschiedlich große Nägel aufzubewahren.

Obwohl sich dieses Universum entsprechend den demiurgischen Plänen meines „Vaters" immer wieder veränderte, blieb es für mich im Grunde gleich. Die Pfirsichkerne zum Beispiel, die er zu meiner großen Verwunderung inmitten der Steine an einem bestimmten Platz am Rande des Hofes fand, dort, wo das Wasser ungehindert vom Dach tropfen konnte, verschwanden nach dem Sonntagsputz, um fein säuberlich aufgereiht auf einem Mauerabsatz wieder aufzutauchen. Und am Sonntag darauf, nachdem der Samen aus dem Kern entfernt worden war, feierten sie in einem zur Sonne ausgerichteten, viereckigen Sieb Auferstehung.

So vergingen die Tage und die Jahreszeiten.

In Abwesenheit meines Vaters fuhr ich auf meine Weise fort, diese Welt neu zu ordnen oder sie zumindest umzugestalten, um sie für eine neue, unvorhersehbare Verwandlung vorzubereiten. Als ich das erste Mal durch das Gartentor trat, roch ich allerdings den betörenden Duft des Verbotenen. Für den Alten war es ein Schock, und diese Welt war nunmehr von der Drohung überschattet, was da künftig alles passieren könnte. Es passierte jedoch gar nichts, denn ich war lange Zeit damit beschäftigt – wie ich meiner Großmutter insgeheim erzählte –, „eine Reise ins Jenseits“ zu planen.

Der Keller war eine dunkle Höhle, die dem Grundriss des Hauses entsprach. Wahrscheinlich war er nicht sehr hoch, denn wenn man ihn betrat, musste man sich bücken. Für mich war er die Verlängerung des Hofes, aber so, wie die Nacht die Verlängerung des Tages ist.

Und die unbestimmten und doch wahrhaftigen Formen, die am Morgen beim Erwachen an mir klebten wie ein Hauch oder ein Schatten, waren vielleicht ein Überrest der Träume, in denen ich ihn gesehen hatte, an die ich mich jedoch nicht erinnern konnte. Mir war diese Welt unbekannt. Ich wusste nur, dass dort die „Kleider der Toten“ aufbewahrt wurden. Aber zweifellos wurde dort unten alles Mögliche aufbewahrt, immerhin blieb jedes Wochenende ein Karren auf der Höhe des einzigen Fensterchens, durch das Licht in den Keller fiel, stehen, jemand schob den Fensterladen beiseite und warf Holzstücke und sonstigen Krempel in wildem Durcheinander hinunter.

Ich konnte mir nicht vorstellen, wie und wann all diese Dinge sortiert und verwendet wurden, denn sobald sie die Dunkelheit verschluckt hatte, gehörten sie einem anderen Reich an. Meine Neugier wurde nicht nur von dem Ritual beflügelt, das in völligem Schweigen vor sich ging, sondern auch von der geheimnisvollen Atmosphäre dieses Ortes. Und irgendwie erregte er auch meinen Argwohn, denn als ich eines Sonntags meinem Vater in den Keller gefolgt war, hatte ich gleich hinter dem Eingang merkwürdige Zeichen auf dem Boden entdeckt: Zeichen oder vielmehr Kerben oder ganz schmale, sich windende und ineinander mündende Kanäle, in denen es stellenweise glitzerte, als ob Wasser in Richtung eines unsichtbaren Ziels flösse.

An einem Septembernachmittag, als es noch heiß und hell war, beschloss ich, ihn zu betreten. Ich war überzeugt, allein zu sein, denn das Haus war von absolutem Schweigen umhüllt. Aber während bei anderen Gelegenheiten eine wenn auch noch so ferne Stimme oder ein Geräusch durchaus hilfreich sein konnten, sorgte die Stille dafür, dass ich mich beobachtet fühlte. Keine Ahnung, vom wem. Ich spürte nur, dass die „Geister“ im Keller – von denen ich bis zu einem gewissen Zeitpunkt angenommen hatte, sie seien unbelebt – mich dermaßen anzogen, wie nur ein Genuss, den es einzig in der Phantasie gibt, einen verlocken kann.

Ich ließ den Blick über die kleinen Kerben im Boden schweifen und tastete mich in Richtung eines Möbelstücks, das aussah wie eine Kommode; dieses erschien mir ein mögliches Ziel, weil es von einem Lichtstrahl aus dem Hof beleuchtet wurde. Es war so groß und reichte auf den ersten Blick bis zur Decke, doch als sich die Augen an die Dunkelheit gewohnt hatten, entpuppte es sich als Kommode mit einer Reihe Holzkästen darauf, deren Bretter so windschief waren, dass man dahinter Dinge erkennen konnte, die in dem ungewissen Licht wie Flaschen oder alte Lampenschirme aussahen. Ich blieb stehen und wagte mich nicht einmal umzublicken, bis die unbestimmten Dinge, die ich aus dem Augenwinkel sah, konkrete Form annahmen. Allmählich stellte ich fest, dass der mittlere Teil des Kellers – der einzige, den ich überblicken konnte – von Backsteinpfeilern unterteilt wurde, an denen alle möglichen Möbel lehnten: Manche waren geheimnisvollerweise versperrt, andere wiederum, die noch dazu hochkant standen und keine Türen hatten, waren mit sorgfältig gefalteten Lumpen vollgestopft. Schön langsam begann die unbekannte Welt Konturen anzunehmen, und ich fühlte, dass es nicht meine war: Sie war zwar nicht ausdrücklich feindselig, aber doch verdächtig, vor allem aufgrund der Gerüche, und völlig anders als die Welt im Hof, wo es zwar auch dunkle Winkel gab, etwa unter der Verandatreppe, und wo das Gerümpel ebenfalls unablässig verrückt und neu geordnet wurde. Der große Keller hingegen vermittelte einem gleich beim Eintreten ein Gefühl der Beklemmung – wohl wegen seiner Größe oder der herrschenden Dunkelheit oder vielleicht, weil man mit gesenktem Kopf gehen musste. Inzwischen weiß ich, dass man dort unten beinahe körperlich das Gefühl hatte, mit den Toten in Kontakt zu treten. Und ich hatte den Eindruck, dass ihn nicht einmal mein Vater gerne betrat, denn seine sonntäglichen Aufräumaktionen beschränkten sich merkwürdigerweise immer auf den Hof. Wahrscheinlich war er auch für ihn eine Rumpelkammer der besonderen Art, in der er Dinge aufbewahrte und begrub, von denen er sich zwar nicht trennen konnte, die er jedoch vergessen wollte. Vielleicht hatte ich deshalb das Gefühl, ein Geheimnis zu verletzen, wenn ich diese Höhle betrat. Beim Übertreten dieser Schwelle entweihte ich eine Welt, in der ich noch nicht zugelassen war, und das verursachte mir Unbehagen. Es handelte sich jedoch nicht einfach um die übliche Angst vor Dunkelheit und Gespenstern, denn in Sommernächten war ich durchaus imstande (ich hatte noch nie jemandem davon erzählt), in den Hof hinunterzugehen, unter dem Vorwand, am Brunnen zu trinken, das Gartentor zu öffnen, mich in den Furchen auszustrecken und zu den Sternen emporzublicken.

Sobald sich die Augen an die Dunkelheit gewöhnt hatten, konnte ich die Dinge besser wahrnehmen: allerdings nur die in unmittelbarer Nähe, denn es war nicht leicht zu erkennen, wo sich die Wände des Kellers befanden, anhand deren man die Ausmaße des Raumes schätzen hätte können, weil sie von so vielen Dingen verstellt wurden. Rechts von mir fiel jedoch ein Lichtstrahl, der durch einen Spalt des nicht völlig geschlossenen Kellerfensters drang, auf eine längliche Form, die ich zuerst unglaublicherweise für einen Altar gehalten hatte und die sich schließlich als riesige Sitztruhe mit offen stehendem Deckel entpuppte. Ich traute mich sogar hineinzugreifen, berührte jedoch nur Spinnweben. Als ich den Blick hob, sah ich, dass auf die Innenseite des schweren Deckels einige Fotografien geklebt waren; sie waren so vergilbt, dass man kaum noch etwas erkennen konnte. Auf einem Foto war zum Beispiel eine Gruppe von Personen zu sehen, deren Haltung zu der Vermutung Anlass gab, dass es sich um Soldaten handelte. Einer von ihnen, auf den der einzige Lichtstrahl fiel, verharrte in einer ungewöhnlichen Haltung. Mit der rechten Hand hielt er etwas, das auf dem Foto nicht mehr zu sehen war, entweder weil der Fotograf es nicht aufgenommen hatte oder weil das Foto abgeschnitten worden war. Und dieses unbedeutende Detail brachte den Soldaten aus dem Gleichgewicht, was schlecht zu seinem Gesichtsausdruck passte, der der einer schüchternen und nachdenklichen Person war; nicht einmal der Schnurrbart – zwei Kohlestriche unterhalb der Nase – vermochte dem Gesicht die Selbstsicherheit zu geben, die der Soldat unbedingt zur Schau stellen wollte. Die Lippen hielt er nämlich fest geschlossen, möglicherweise um die vorstehenden Schneidezähne zu verbergen, und aus diesem Grund hatten sich neben dem Mund und auf den Wangen Grübchen gebildet, die auch der Anflug eines Lächelns hätten sein können, dem Gesicht jedoch etwas Zartes und Wehrloses verliehen. Mit der linken Hand, die er wie zum Schutz vor irgendetwas erhoben hatte, strich der Soldat – aber das erkannte ich erst später – über den Kopf eines Pferdes, der nur zum Teil auf dem Foto zu sehen war, gerade so viel, dass es mich aus seinem Auge anblicken konnte. Ich fragte mich, wer wohl der Mann war, der mir auf den ersten Blick nicht völlig unbekannt zu sein schien. Sein Aussehen erinnerte mich sogar an gewisse Familienfotos, allerdings nur aufgrund der Art und Weise, wie er und das Pferd mich ansahen. Seine Uniform und die Mauer, die als Hintergrund diente und auf die etwas Unleserliches gekritzelt war, sagten mir hingegen nichts. Es war vielmehr der Gesichtsausdruck, der mich nachdenklich stimmte: ein kantiges Gesicht mit abstehenden Ohren und einer geraden und kräftigen, gleichzeitig jedoch auch weichen Nase, und die zarten Querfältchen zwischen den Augenbrauen verliehen den Augen, die wegen des Lichts oder wegen einer angeborenen Schüchternheit halb geschlossen waren, den Ausdruck von Unsicherheit.

Ich war so fasziniert von diesem Bild, dass ich gar nicht bemerkt hatte, dass sich etwas weiter oben, auf dem untersten Brett eines Regals, das genauso breit wie die Truhe und mit allem möglichen Krempel vollgestopft war, ein etwas größeres und gerahmtes Bild befand. Die Intarsien auf dem Holzrahmen waren kaum noch zu sehen, denn wie das Glas war auch er von einer Staubschicht bedeckt. Ich näherte mich, so weit es die breite Truhe zuließ, und streckte die Hand danach aus, aber obwohl ich auf Zehenspitzen stand, trennten mich ein paar Zentimeter von ihm. Da stieg ich in die Truhe, was nicht ganz einfach war, und reckte und streckte mich, bis ich mein Ziel erreicht hatte. Ich befreite es von seiner Patina, indem ich mit dem Zeigefinger kreisförmig über das Glas strich. Meine Erwartung wurde enttäuscht, denn obwohl ich fortfuhr, den Staub abzuwischen, konnte ich nichts erkennen: bloß einen grauen, fleckigen Karton mit ein paar unleserlichen Bleistiftkritzeln darauf.

Ich wollte schon wieder aus der Truhe herausklettern, als ich feststellte, dass unten links unter dem Glas etwas Wirres herausragte, das aussah wie Gras oder Stroh. Ich fuhr fort, das Glas abzuwischen, bis ich feststellte, dass in dem Rahmen tatsächlich ein Foto steckte, allerdings nur die untere Hälfte eines Fotos, denn in der oberen Hälfte, die wohl irgendjemand abgerissen hatte, befand sich der fleckige Hintergrund des Kartons. Bei genauerer Betrachtung konnte ich allmählich etwas erkennen, zum Beispiel eine geöffnete Hand, die den nackten Arm einer Frau – so schien es zumindest – umfing; aber vielleicht war es auch das Bein eines Kindes, denn auf der Höhe dessen, was höchstwahrscheinlich eine Hüfte war, zeichneten sich die Falten eines Stoffes ab (fast sicher war es ein weißes Höschen), von dem die dunkle, sonnenverbrannte Hand abstach; und die Sehnen und Adern auf dem Handrücken traten so deutlich hervor und verliefen in so seltsamen Bahnen, dass sie – losgelöst von allem anderen – eher wie ein pflanzliches Gebilde anmutete denn als der Teil eines menschlichen Körpers. Sie schien den Kinderkörper nicht zu halten, sondern ihn vielmehr zärtlich zu beschützen. Der winzige Fuß, der im Gras stand, steckte tatsächlich in weißen Schühchen und trug weiße Söckchen.

Nicht entschlüsseln konnte ich allerdings eine honigfarbene Stelle, die in das verblasste Ocker des Papiers überging; sie reichte bis zum rechten Rand des Rahmens und erinnerte an eine Bergkuppe oder eine Düne oder, wenn man sie aus allernächster Nähe betrachtete, an einen Sandhaufen. Ihre Konsistenz blieb jedoch ein Rätsel; auch wenn es wirklich ein Sandhaufen war, waren keine Körner zu erkennen; andererseits (ich betrachtete das Foto mittlerweile aus allernächster Nähe) konnte es sich auch um niedriges Gras oder Flaum handeln, vielleicht hatte ein unerfahrener Fotograf einen Unterarm aus allzu großer Nähe aufgenommen. Mit einem Wort, je mehr ich den Formen auf den Grund zu gehen versuchte, desto rätselhafter wurden sie. Eindeutig waren nur die Hand des Mannes und das nackte Bein des Kindes.

In Ermangelung von Gesichtern versuchte ich mich an dem zu orientieren, was auf der rechten Seite zu sehen und vielleicht Teil einer Landschaft war oder vielleicht auch, da ein paar Grasbüschel zu sehen waren, der Rand eines Grabens. Unter diesem Aspekt konnte die weißliche Stelle im oberen Teil des ursprünglich vollständigen Fotos auch Wasser sein: Das war durchaus möglich, denn der Fluss war nicht weit entfernt. Wenn meine Vermutung stimmte, war das „Gruppenfoto" auf dem Damm aufgenommen worden. Aber wieso waren die Gesichter der beiden Personen verschwunden, wenn nicht noch mehr? Hatten die Feuchtigkeit und die Zeit sie ausgelöscht? Und außerdem, hätte man aus dieser Perspektive nicht das Akazienwäldchen hinter dem Fluss erkennen müssen?

Wenn ich es mir recht überlegte, konnte die helle Stelle über dem Gras eigentlich nur der Himmel sein. Sofern nicht der undefinierbar graue Hintergrund, auf dem geheimnisvolle Vorgänge ihre Spuren hinterlassen hatten, der wahre Himmel war, der den spärlichen menschlichen und pflanzlichen Spuren, die ich geduldig erforscht hatte, am meisten entsprach. Diese Bleistiftzeichen, die so viel und gleichzeitig auch gar nichts bedeuten konnten, „sprachen" zu mir aufgrund ihrer unerklärlichen Anwesenheit. Sie sagten mir, dass die helle Stelle am Rand des Fotos, dort, wo es abgerissen worden war und die ich im ersten Augenblick für den Widerschein des Flusses gehalten hatte, nur der Rand einer vom Wind geformten Düne sein konnte – solche Dünen befanden sich nicht weit von unserem Haus entfernt am Rande der Lagune. Und darüber befand sich, psychologisch stimmig, ein endloser Himmel: nicht gerade ein nächtlicher, sondern ein warmer und geheimnisvoller, wie vor einem Gewitter. Die Flecken waren etwas dunklere Wolken und die Bleistiftzeichen blaue Blitze.

Die Hand. Die Hand war da, in ihrer zärtlichen Doppeldeutigkeit, und gab Anlass zu allen möglichen Vermutungen. Aber der dunkle, geheimnisvolle, klangvolle Himmel …

Ein geheimnisvoller Klang hatte mich überwältigt wie eine Narkose, und es fiel mir schwer, ich spürte, dass es mir schwer fiel, mich daraus zu befreien. ... Ich zitterte beinahe, als ich jemand rufen hörte, wie im Traum, immer wieder, und dazwischen horchte ich lange. Mit unsicheren Schritten ging ich auf den Hof hinaus und mit vom Licht geblendeten Augen sah ich, dass mich meine Großmutter vom Verandafenster aus rief. Sie war schwarz gekleidet und stützte sich mit den hageren Händen am Fensterbrett auf. Sie konnte mich nicht sehen. Keuchend rief sie immer wieder meinen Namen.

Wallfahrt nach Barbana

Mein Vater stand als erster auf. Er nahm das Handtuch und wusch sich am Brunnen im Hof. Ich schlief um diese Zeit noch, denn meine Mutter weckte mich erst im letzten Augenblick, als man endlich aufbrechen konnte, nachdem man die Jausenbrote eingepackt und tausend Mal zum Himmel aufgeblickt hatte. Draußen warteten die Nachbarn auf uns. Ein kurzer Gruß und ein paar gemurmelte Fragen. Dann machten wir uns auf in Richtung Hafen. Der Fluss führte direkt hinter unserem Haus vorbei, aber die Anlegestelle lag ein paar hundert Meter entfernt. Im Gänsemarsch gingen wir auf dem Weg am Damm, an den Hütten mit dem abgebröckelten Verputz vorbei, und als wir dann zu dem Platz mit den Rosskastanien gelangten, stand der Wassermelonenverkäufer schon neben seiner Kohlelampe. Hier, ein paar Schritte hinter der Eisenbrücke, lag der Hafen, der nur aus einer Zementmole und ein paar Steinpollern bestand.

Die Boote aus Chioggia, auf denen es untertags schwirrte vor Stimmen und Farben, waren hintereinander vertäut und wirkten wie verlassen, denn die Männer, die im Schiffsinneren vor dem Tau Zuflucht gesucht hatten, schliefen offenbar noch. Unser Boot hingegen, das gekommen war uns abzuholen und auf dem sich bereits jemand zu schaffen machte, unterschied sich von den anderen, denn es war gänzlich weiß gestrichen und hatte die Sonnensegel (deren Farbe man in der Dunkelheit nicht erkennen konnte) mithilfe von Holzpflöcken, die an der Reling befestigt waren, auf Kopfhöhe gespannt. Es war weder ein Segelschiff noch ein Kahn und auch kein Prahm: Es war einfach ein *batèlo,* ein Boot. Es war schon so oft repariert worden, dass es stark mitgenommen und nicht sehr seetüchtig wirkte – obwohl es trotz allem einen gewissen Schwung beibehalten hatte. Dieses Boot jedenfalls sollte uns auf die Insel Barbana bringen.

Die Lagune und die sandigen Erhebungen, die sie im Süden begrenzen, waren in Luftlinie nur ein Dutzend Meilen entfernt, stellten für die Bewohner unserer Dörfer jedoch eine unbekannte und auch sagenumwobene Welt dar, denn die Seeleute aus Grado, Caorle und dem fernen Chioggia, die die Boote mit dem Zugseil den Fluss hinaufzogen, erzählten von schrecklichen Gewittern, von Ertrunkenen und wundersam Geretteten. Es war also nur allzu verständlich, dass sich in allen Häusern eine Madonna befand: nicht nur in den Häusern der Fischer, sondern auch in denen der Bauern. In den Schilfhütten im Brackwasser war sie vielleicht etwas einsam und traurig an ihrem Platz über dem brennenden Lämpchen; unsere hingegen (die mein Vater jeden Abend vor dem Zubettgehen berührte und die immer etwas vornübergebeugt war, als ob sie gleich zu sprechen beginnen wollte) lächelte immer. Mein Großvater hatte sie auf dem Rückzug von Caporetto gefunden. Sie hatte mit dem Kopf nach unten in einem Graben gelegen. Der Alte (der immer einen Fluch auf den Lippen hatte) hatte sie zuerst zum Trocknen in den Ofen gelegt und dann einen Rahmen für sie angefertigt, der mit Intarsien verziert war wie ein Thron. Und er zeigte sie allen Leuten voller Stolz und sagte: „Jetzt sieht sie wirklich aus wie eine Königin."

„Wenn dich nachts ein Gewitter überrascht und alles schon verloren zu sein scheint, weil der Baum gebrochen und vielleicht auch das Steuer beschädigt ist, bleibt dir nichts anderes übrig als zur Madonna zu beten. Vielleicht erhört sie dich, und dann zerreißen die Blitze die Wolken und SIE erscheint mit dem Jesukind auf dem Arm und besänftigt die Wogen." So erzählten es die Fischer. Und die Bauern, die wussten, dass sie viele Schiffbrüchige gerettet hatte, beteten ebenfalls zu ihr: Mit gefalteten Händen knieten sie vor einem Kind in einer Blutlache, das von einem durchgegangenen

Pferd niedergetrampelt worden war. Mit einem Wort, die Madonna von Barbana war die Schutzpatronin aller.

Aber nicht nur das Meer, auch der Fluss machte Angst. Sein Schweigen, die Algen, die auf dem Boden dahintrieben, die Wirbel, die gefährlichen sumpfigen Stellen, in denen es gluckste und wo die Nachttiere schrien ... Seit Attilas Zeiten floss der Fluss träge dahin, während die Erzählungen über die Ertrunkenen von Haus zu Haus gingen, reich ausgeschmückt von der Phantasie und umgeben von einem geheimnisvollen Grauen. Vielleicht weil die Leichen, sofern sie sich nicht in den Algen verhedderten, von der Strömung zur Mündung hinunter getrieben wurden, wo sie im Schilf hängen blieben.

Bestimmt war das der Grund, warum die Frauen nebeneinander hinter der Kabine des Kapitäns Platz genommen hatten. Sie hatten alle den Rosenkranz in der Hand und beteten, obwohl ihre Stimmen, von ständigem Rufen übertönt, nicht zu hören waren ... Nach ein paar Augenblicken der Ungewissheit und des Schweigens sprang der Motor mit einem kleinen Knall an, eine Rauchwolke trat aus dem Auspuffrohr und senkte sich auf die Wasseroberfläche. „Ahoi", sagte der Seemann, der die Leinen losmachte, worauf sich das Schiff langsam von der Mole löste. Da stimmte eine schüchterne und ängstliche Frauenstimme ein Lied an, in das eine andere einfiel – und dann noch einige, auch Tenor- und Bassstimmen, bis sich ein feierlicher Chor erhob. Alle sangen. Die Männer gedankenverloren, den Blick auf einen Punkt jenseits des Deiches gerichtet; die Frauen hingegen blickten angespannt auf die Gesichter ihrer Kinder, die sie im Arm hielten. Am Ende jedes Psalms ertönte wieder ein weibliches Solo, in das sofort die um eine Terz tieferen Baritonstimmen einfielen.

Nachdem wir die Brennöfen zur Linken und die Abflussrohre des Schöpfwerks zur Rechten hinter uns gelassen hatten, erblickten wir vor uns wie bei einer langsamen Panoramaaufnahme die „tote Ebene". An dieser Stelle, wo die Dämme in weite Ferne rückten und die Pappelwälder der Zelluloseindustrie SAICI noch so weit entfernt waren, dass sie aussahen wie eine Wolke am nächtlichen Himmel, hatte man in Ermangelung eines Bezugspunktes das Gefühl, dass das

Schiff an Geschwindigkeit verlor. Man spürte zwar, dass sich die Perspektiven, die Richtungen und auch die Entfernungen änderten, aber um sich zu vergewissern, dass das Boot mit gleichbleibender Geschwindigkeit dahinfuhr, musste man den kleinen Gischtstreifen am Heck beobachten, der sich an den Deichen brach und das Schilf in eine unnatürliche Bewegung versetzte, die erst nach ein paar Glucksern wieder zum Stillstand kam. Nicht nur wegen der Uhrzeit, sondern auch wegen des urwüchsigen Zustands der Landschaft hatte man an dieser Stelle das Gefühl, eine Grenze zu überschreiten, in ein Gebiet vorzudringen, das man auf rätselhafte Weise von irgendwoher kannte, wie wenn man zum ersten Mal an einen Ort kommt und das Gefühl hat, schon einmal hier gewesen zu sein, allerdings ohne es genau zu wissen. Mit einem Wort, als ob man diesen Ort bereits im Traum gesehen oder ihn sich aufgrund irgendwelcher Erzählungen vorgestellt hätte. Aber um diese Zeit sang niemand mehr, und viele waren nach der ersten Aufregung bereits wieder eingeschlafen, mit dem Kopf auf der Brust. Nur ein paar Männer unterhielten sich leise miteinander.

Während es zwischen den Büschen und Sträuchern am Ufer ein wenig heller wurde, konnte man allmählich erkennen, dass vor uns, im Südosten, ein Kanal abzweigte; und dort, wo die Fluchtlinien der Dämme zusammenliefen, nahm die Helligkeit zu, bis sie – vielleicht – in einen Widerschein und dann in den Himmel überging. Die, die nicht schliefen, konnten beobachten, wie die Landschaft langsam in allen Einzelheiten sichtbar wurde. Gegenüber dem Pappelhain, der mittlerweile im Gegenlicht dalag, konnte man sogar einen vertäuten Frachtkahn erkennen. Er war mit Metallgittern beladen, und die langen Stahlseile, mit denen sie befestigt waren, wirkten wie Taue; es waren aber keine Taue, denn an ihrem einen Ende waren riesige verrostete Kübel befestigt, die dem Ganzen das Aussehen eines Karussells außer Betrieb gaben. (Obwohl an einer schattigen Stelle längsseits des Schiffes ungewöhnlich dicke Rohre oder vielleicht auch Baumstämme im Wasser trieben.)

Nun begannen die Vögel schüchtern zu zwitschern, und in der zunehmenden Helligkeit wogten die Wipfel der Pappeln wie in einem

Konzert, der Ostwind strich seinen heißen Atem über die Dämme und kräuselte die Wasseroberfläche, nachdem er die Schilfbarriere überwunden hatte. Und mit der Brise kam der brackige Geruch der Lagune. Dieser unvergleichliche Geruch, neuartig und ganz anders als der der gemähten Luzerne oder der Stoppelfelder oder der Poleiminze, kam stoßweise vom Fluss herauf wie ein betäubendes Gas, und viele begaben sich, von diesen Gerüchen überrascht, an den Bug des Schiffes, als ob sie etwas zu erforschen oder zu entdecken suchten, das noch im Verborgenen lag. Wie immer an schönen Tagen Ende August wurde der Wind jedoch umso kühler, je mehr der Himmel am Horizont aufhellte. Und vom Kanal, der sich in eine glitzernde Klinge verwandelt hatte und neben dem sich immer wieder aufgelassene Hafenbecken oder alte, nicht mehr benutzte Nebenkanäle auftaten, hob sich nun der letzte Rand des Ufers gegen den Himmel ab.

Unbemerkt von den meisten veränderte sich die Vegetation nun langsam. Sie wurde spärlicher, und die Holunderbüsche verschwanden ganz. Nur ein paar kümmerliche und schon fast vergilbte Akazien behaupteten sich; während zwischen den großen Steinen, mit denen hier die Dämme befestigt waren, Tamarisken hervorlugten; und je mehr sich das Schiff der Mündung näherte, desto zahlreicher wurden sie, und an manchen Stellen waren es sogar richtige Tamariskenwäldchen, aus denen zur Rechten die Strohdächer einiger Hütten hervorlugten; sie schienen verlassen, wie alles hier. Oder besser gesagt leer, denn hinter der ausladenden Biegung des Flusses war nichts mehr außer einem unwirklichen Licht, aus dem in der Ferne, aber nicht direkt am Horizont, eine üppige Vegetation emporragte, duftig wie eine Wolke. Auch wenn man sich nicht wirklich vorstellen konnte, woher diese Bäume kamen ... Erst später, wenn man feststellte, dass diese außergewöhnliche Helligkeit nicht vom Himmel herrührte, sondern direkt hinter den letzten Dünen vom Boden aufstieg, bestand kein Zweifel mehr daran, dass sich vor uns, in unmittelbarer Nähe, die Lagune erstreckte. Und nun erschien sie tatsächlich, sanft und zitternd in den ersten Sonnenstrahlen.

Ein Stimmengewirr erhob sich auf dem Schiff. Die Frauen lächelten ungläubig, und wenn sie an Deck von den ersten Wasserspritzern getroffen wurden, die der Borino aufwirbelte, kreischten sie. Die Männer hingegen waren fast alle auf den Beinen: Manche lehnten am Bug, andere wiederum zeigten, die Hand schützend über den Augen, auf Orte, Ziele, Inseln und ferne Glockentürme. Und während das Boot auf dem von Dalben markierten Kanal weiterfuhr, wurde die Ebene hinter uns ganz flach und ging in kostbare Grünflächen über, über denen hier und da der graue Rauch aus Häusern und vereinzelten Schornsteinen hing. Bis der Blick, der schon ungeduldig gesucht hatte, endlich am äußersten Horizont über einer unvorhergesehen Dunstwand die hoch aufragenden Alpen entdeckte. Irgendjemand stimmte „Salve Regina" an, und um diese Stimme herum bildete sich aufs Neue ein Chor, während die Möwen hoch oben mit im Wind geblähten Flügeln dahinsegelten. Porto Buso war nur noch ein gute Meile entfernt, und rechts davon, jenseits des Canale Foraneo, zeichnete sich die Insel Sant'Andrea ab. Die Landungsstege waren schon deutlich zu erkennen; der lange, schmale des alten österreichischen Zollamts mit dem Wächterhäuschen und der andere, der Anfora-Steg, geschützt vor dem Schirokko. Die Sonne, die über der Hermada aufgegangen war, leuchtete wie eine Hostie durch die Dunstschicht; und während die Frauen, von diesem Licht ermutigt, den Kindern in ihrem Arm zulächelten, die bereits erwacht, aber noch in Wollschals eingewickelt waren, unterhielten sich die Männer, den Blick auf den Horizont gerichtet, leise miteinander; aber ihre Worte, die immer wieder vom Wind davongetragen wurden, waren kaum zu hören, denn einer, der diese Reise schon einmal unternommen hatte oder schon Genaueres über den Ort erfahren hatte, fuchtelte mit den Händen in der Luft, um irgendetwas zu erklären oder auf etwas zu zeigen, wobei ihm die anderen, ungläubig lächelnd, mit dem Blick folgten ... Wir fuhren auf die Inseln Anfora und Porto Buso zu, die zu unserer Rechten lagen. Die beiden kleinen Inseln, die aus der Ferne wie eine einzige oder manchmal auch wie eine Wolke oder sogar – was natürlich völlig unmöglich war – wie eine Oase gewirkt hatten, waren in Wirklichkeit durch einen Erdwall verbunden. Auf ihnen befanden sich einige Häuser, drei oder vier Hütten mit Schilf- oder Blechdächern, die trotz der vor ihnen vertäuten Boote verlassen wirkten, wenn da nicht merkwürdige Gerüche von Speisen und zum Trocknen aufgehängter Wäsche gewesen wären, die vom Wind immer wieder herangeweht wurden. Aber wahrscheinlich waren sie tatsächlich unbewohnt, denn die Türen waren von außen mit einem Pfosten verriegelt. Nur die kleine Kaserne am Canale Foraneo, von der aus man auf das offene Meer hinaus blickte, schien bewohnt zu sein. Hier lebten zwei oder drei Zollbeamte, die die flussaufwärts fahrenden Handelsschiffe kontrollierten. Nicht weit davon entfernt, in einem gelb getünchten Haus, wohnte der Leuchtturmwächter, der dafür zu sorgen hatte, dass die Lampe der Boje immer, auch nachts, brannte. Der Leuchtturmwächter war ein kleiner Mann mit stechendem Blick, dessen Augen unter der faltigen Stirne beinahe verschwanden. Er hatte ein erdfarbenes Gesicht, aber wenn er seine Schirmmütze abnahm, kam eine Glatze zum Vorschein, die beinahe obszön weiß war. Er hatte so gut wie mit niemandem Kontakt. Er besaß eine Ziege, die ihm Milch gab, einen Fink, den er in der Laube hielt, und eine dünne Katze mit triefenden Augen. Die einzigen Ereignisse auf der Insel, die die Zeit unterteilten, waren die Stürme, die Malaria und manchmal ein wundersamer Fischfang; und hin und wieder auch Wassermangel, wenn in der Tiefe der Sand einbrach und die rostigen Rohre des Brunnens verlegte. Diese Ereignisse wiederholten sich Jahr für Jahr zur selben Zeit und wurden als schicksalhaft hingenommen. Was blieb einem also anderes übrig, als sich dem Schutz der Madonna anzuvertrauen und sie vor dem Zubettgehen zu küssen – wie es alle taten –, damit sie wachte, bis das erste Morgenlicht durch die Ritzen der klapprigen Fensterläden drang.

Nach der Begeisterung und der Aufregung, die alle Passagiere beim Hinausfahren in die Lagune empfunden hatten, machte sich nun Erschöpfung breit, wie man sie im übrigen immer empfindet, wenn man zum ersten Mal Salzluft atmet. Alle dämmerten vor sich hin, und der Grund dafür war ein richtiger Rauschzustand. Außerdem wurde die Reise schön langsam etwas langweilig, und die ungewohnten Anblicke machten ebenfalls benommen. Die Frauen hatten tatsächlich wieder begonnen, den Rosenkranz zu beten, aber bei der monotonen Aufzählung der Episoden aus dem Leben Christi und dem Schlingern des Bootes war die eine oder andere schon eingenickt.

So auch meine Mutter.

Aus der Nähe konnte ich sehen, wie ihr die Augen zufielen. Mit Mühe versuchte sie sie offenzuhalten, was ihr jedoch nicht gelang, und ihre Lippen deuteten ein Lächeln an. Für mich war meine Mutter wunderschön, obwohl sie, wie man so sagt, keine regelmäßigen Züge hatte. Sie hatte vorstehende Backenknochen und ihre Nase war an der Wurzel etwas flach. Aber ihre Augen strahlten. Sie waren groß und kastanienfarben, und wenn sie traurig oder fröhlich war, ließen sie ihr Gesicht urplötzlich aufleuchten. Die hohe Stirn war von zwei Falten durchzogen (deren genauen Verlauf nur ich kannte), und auf der rechten Schläfe schnitten sie eine kaum sichtbare Narbe, genau an der Stelle, wo ihr die hinter das Ohr gekämmten Haare (das mir – ohne dass ich hätte sagen können warum – insgeheim höchste Wonnen bereitete) in einer Welle ins Gesicht fielen. Auf einem der Ohrläppchen, das so zart und durchscheinend war wie ein Rosenblatt und sich, wenn ich es berührte, wie Samt anfühlte, befand sich ein kleines Loch, das das runde Läppchen in eine phantastische Märchenlandschaft verwandelte; denn dort, in diesem von sanften Abhängen umgebenen Krater steckte die Schließe eines Ohrrings, der urplötzlich in allen Farben funkelte. Bei diesem Glitzern – den bunten Klängen eines Karussells – schlief ich für gewöhnlich ein, es trug mich hinauf zu den Wolken, wo ich ausgestreckt lag und dem Wasser lauschte, das Tag und Nacht aus dem Brunnen im Hof sprudelte …

Zum Glück gab es ein Sonnensegel, denn trotz der Brise machte sich langsam die Augustsonne bemerkbar. Abgesehen von dem Dunstschleier auf halber Höhe der Voralpen war der Himmel wolkenlos, und im Süden, jenseits der Insel Sant'Andrea, die ebenfalls von leichtem Dunst umgeben war, ging das zarte Blau des wolkenlosen Himmels in ein intensives, beinahe violettes Indigo über. Der Kanal wurde inzwischen von roten Dalben zur Linken und von schwarzen zur Rechten gesäumt. Aber da die Meeresströmungen sich eigene, verschlungene Bahnen schaffen, waren die weiter entfernten Dalben kaum auseinanderzuhalten, was nicht ganz ungefährlich war, und der Seemann, der das Boot steuerte, musste sehr aufpassen. Und wenn in einer Kurve gar keine Dalben zu sehen waren, empfahl es sich, sich ganz außen zu halten und dabei die Oberfläche des Wassers im Auge zu behalten, denn dort, wo diese gekräuselt war, verbarg sich womöglich eine Untiefe, die man nur mit großer Erfahrung umschiffen konnte. Mit einem Wort, die Lagune mit den unzähligen Kanälen und Flüssen, die in sie mündeten, war ein Gebiet, das nur die wirklich gut kannten, die dort zu Hause waren. Und genau aus diesem Grund bestand der Steuermann, der den Weg genau im Auge behalten musste, darauf, dass sich am Bug keine Passagiere aufhielten. Aber damit noch nicht genug. Er musste auch darauf achten, was auf dem Heck vor sich ging. Wenn die Schiffsschraube zum Beispiel Schlamm aufwirbelte, musste die ohnehin schon geringe Geschwindigkeit noch weiter gedrosselt werden, damit das Boot möglichst gerade im Wasser liegen blieb; das klang zwar selbstverständlich, die Notwendigkeit des Manövers wurde im Grunde jedoch nur von einigen wenigen jungen Männern verstanden, die, da sie die Gefahren der Lagune kannten, die entschiedenen Kommandos des Kapitäns mit Interesse verfolgten; sie versuchten ihm sogar zu helfen (oder glaubten zumindest, es zu tun), indem sie ihn immer wieder auf die Dalben hinwiesen, die sehr schlecht zu sehen waren und auf denen die Farbe schon verblichen war.

Die Spannung ließ erst nach, als man zur Rechten die aus drei Pfählen bestehende Dalbe erblickte, die das Ende des Taglio Nuovo markierte. Aber bereits auf halber Höhe dieses langen, geraden Abschnitts, der von nur kanpp mit Wasser bedeckten Untiefen gesäumt wurde, konnte man die Silhouette von irgendetwas erkennen, das hinter den mit Unkraut und den etwas höheren Tamerisken bewachsenen Dämmen einen warmen, grauen Fleck am durchscheinenden Himmel bildete. Und diese Spur, die etwas oberhalb des imaginären Horizonts verlief, verschwand immer wieder – nichts Ungewöhnliches in der Sommerhitze –, als ob das Auge nicht imstande wäre, sie festzuhalten. Aber dann, wie durch einen Zauber, gerade als das Boot zu einer ausladenden Rechtskurve ansetzte, zeichnete sich zum ersten Mal und ganz deutlich der Umriss eines Campanile ab und links davon der etwas niedrigere und undeutlichere Umriss eines Dorfes oder einer Stadt. Es war tatsächlich Grado: der sagenumwobene Strand, den vielleicht nur wenige von denen, die jetzt an Bord standen oder sich über die Reling beugten, um ihn zu betrachten, wirklich kannten. Es war die Insel, von der man auf dem Festland in schwülen Sommernächten sprach, wenn man auf der Steinbank vor dem Haus im Duft der Linden saß. Wer aufgrund einer glücklichen Fügung schon einmal hier an Land gegangen war, erzählte, dass die Badegäste – fast nur Österreicher und Deutsche – Eiscreme aus silbernen Bechern löffelten und nachts in weißen Kleidern durch die Alleen flanierten, während sie die Vormittage auf den „Balkons mit Meerblick" verbrachten, von denen aus man Istrien sehen konnte und manchmal, an glasklaren Tagen, sogar Triest. Es war fast nicht zu glauben, aber vor uns lag Grado: bescheidene rosa Ziegelhäuser, die sich aneinander drängten wie eine Herde unglücklicher Schafe.

Die Möwen saßen aufrecht und unbeweglich auf den Dalben, den Schnabel in Richtung Wind. Und bis zum letzten Augenblick schienen sie sich vom Kommen des Bootes nicht stören zu lassen, das immerhin vom Chor der Stimmen angekündigt wurde, der sich jetzt, in der weiten, unbegrenzten Ebene ungehindert ausbreiten konnte. Erst im allerletzten Augenblick breiteten sie ganz langsam die Flügel aus, wobei sie den Kopf nach hinten drehten, als ob sie auf einen Ruf antworteten; und als die Schwungfedern sich am Höhepunkt von dem lauwarmen Fächer getrennt und den Wind eingefangen hatten, ließen sie sich ein- oder zweimal emporheben wie schneeweiße Trophäen. Erst dann stießen sie vor dem Hintergrund des tiefblauen Himmels einen Schrei aus und gingen mit einem Flügelschlag in den Gleitflug über.

Ich beobachtete sie, während ich neben meiner Mutter auf der Bank am Heck des Schiffes lag. Ich lag zwar in der Sonne, spürte jedoch den kühlen Schatten der im Wind flatternden Flagge auf dem Gesicht; und da sie so heftig gegen die Leine schlug, mit der das Sonnensegel befestigt war, war der rote Stoff schon ganz fadenscheinig, während hinter dem weißen Mittelstreifen hin und wieder ein merkwürdiger Schnörksel auftauchte, als würde die Sonne hinter den Hügeln Verstecken spielen. Aus dieser Perspektive erschien mir der Himmel noch weiter. Oben, aber wirklich ganz ganz weit oben, noch weiter oben als die Möwen, die mir folgten und sich dabei in die Höhe heben und wieder sinken ließen, waren dunkle Pünktchen zu sehen, die ganz unbeweglich wirkten. Erst, wenn man sie lange und intensiv beobachtet hatte, stellte man fest, dass es ebenfalls winzige Vögel waren, die irgendwohin flogen. Sie wussten nichts von meiner Existenz, und selbst wenn sie mich von da oben gesehen hätten, wäre ich ihnen völlig gleichgültig gewesen. Sie waren da oben in einer anderen Welt, eins mit dem Himmel; und nur ihre Existenz machte diese endlosen, ewigen Räume zu etwas Besonderem ...

„Versuch dir etwas vorzustellen, das ewig ist", sagte meine Mutter immer zu mir, wenn sie mich zu Bett brachte. „Versuch dir etwas vorzustellen, das es immer gegeben hat und das kein Ende nimmt." Ich stellte es mir vor, ich versuchte es mir vorzustellen und wurde dabei von Schlaf übermannt ...

Irgendjemand ging durch das Gras, zwischen zwei Reihen von Weinstöcken. Ich war ganz allein, denn am Abend, um diese Uhrzeit, waren die Felder menschenleer. Alles war in ein unwirkliches, blaues Licht getaucht, obwohl an weiten Teilen des Himmels noch ein roter Widerschein zu sehen war, wie an der Fassade einer Kirche. Weiter oben, oberhalb der Weinstöcke, und im Gegenlicht nicht von ihnen zu unterscheiden, zerschnitten die Zweige der Weiden den Himmel, sie bildeten ein zwar geordnetes, doch wildes und grausames Knäuel, durch das vereinzelte Lichtstrahlen fielen: grell und kalkweiß wie das Licht, das von den Pfosten aus Akazienholz auszugehen schien, die die zwischen den Weinstöcken gespannten Eisendrähte stützten. Und die am unteren Ende weiß und verschwommen waren, als hätten sie eine giftige grüne Flüssigkeit aufgesogen, als reflektierten sie das Mondlicht, obwohl gar kein Mond am Himmel stand.

Die Schritte dessen, der durch das Gras ging, waren unregelmäßig, als ob ein Kind sich im Dunklen zurechtzufinden versuchte. Die Umrisse der Füße, die zuerst in die Luzernebüschel getreten waren wie rosige, noch blinde Kätzchen, konnte man nicht mehr erkennen, denn das Gras und der ohnehin schon undeutliche Rand des Weges waren zu dunklem Dunst geworden, aus dem hier und dort wie verfrühte oder verspätete Primeln die beschnittenen, weißlich schimmernden Maulbeerbäume aufragten. Ein Kind sang, und dieses Kind war ich; und diese Stimme, beziehungsweise meine Stimme vermochte dem Schweigen nichts anzuhaben. Wie in einem Spiegel sah ich meinen aufgerissenen Mund, aber so sehr ich mich auch bemühte – mein Atem beschlug bereits das Glas –, ich konnte keinen Ton hervorbringen. Mittlerweile war ich stehengeblieben. Und ein Junge, kaum größer als ich, blickte mich ängstlich an. Er war bleich im Gesicht, während mein ganzer Körper aus unerklärlichen Gründen violett geworden war; auf meinen Füßen, die ich jetzt im Licht einer Taschenlampe ganz genau sehen konnte, fanden sich rote Spritzer wie von einem warmen klebrigen Most. Eine junge Frau kniete vor mir, ohne dass ich sagen hätte können, seit wann. Sie hatte die Arme weit ausgebreitet und den Blick auf einen unbestimmten Punkt am Himmel gerichtet. Ich stellte fest, dass ich mich nicht mehr bewegen konnte: Gelähmt stand ich da, von einem Zauber gebannt; nur mit dem Blick vermochte ich den dünnen Stahldrähten zu folgen, die zwischen den Pfosten gespannt waren und die wie diagonale Blitze mein ganzes Blickfeld durchzogen. Besonders fasziniert war ich von zwei Blitzen, die von den Händen der Frau ausgingen (oder zumindest schien mir das aus meinem Blickwinkel so), und die sich, wenn man sie verlängert hätte, oberhalb der Wolke über den Weiden getroffen hätten. Und von dort oben, wo das Gewirr der Zweige das bereits dunkle Blau des Himmels zerschnitt, brach zuerst langsam und dann mit voller Wucht, als hätte man ein Fenster geöffnet, ein blendendes Licht hervor, das in allen Farben des Regenbogens leuchtete und mich zwang, die Augen zu schließen.

Nur ganz langsam – nicht zuletzt, weil die wieder geöffneten Augen sich an das blendende Licht gewöhnen mussten – tauchte aus der Dunkelheit rundherum das vertrauteste Bild auf, das ich gesehen hatte, seitdem ich ein Wickelkind war. Und es konnte auch gar nicht anders sein; denn so unglaublich das Ganze auch war, ich hatte dabei nicht die geringste Angst verspürt.

Das Bild zeichnete sich im Gegenlicht ab, und obwohl es näher kam und größer wurde, dabei jedoch völlig unbeweglich blieb, konnte ich keine Einzelheiten erkennen. Aber ein Detail (vielleicht die angenehme Wärme oder der Duft von Honig) war verräterisch, und ich war immer mehr davon überzeugt, dass es sich um meine Mutter handelte. So hatte ich sie allerdings noch nie gesehen: Sie trug einen bläulich schimmernden Schal, der von ihren im Nacken zusammengebundenen Haaren auf die Schultern fiel; und auch ihr Schoß und die Beine waren von einem Mantel in derselben Farbe bedeckt. Sie saß und trug ein Kind auf dem Arm, aber ihre Hände lagen gekreuzt auf der Brust, während die Hand des durchscheinenden und schwerelosen Kindes etwas abstand, als ob es auf etwas zeigte. Ich war fasziniert von seinen rosigen, rundlichen Füßchen mit den winzigen aufgebogenen Zehen, die sich in den Mantelfalten versteckten und aussahen wie neugeborene Kätzchen. Und auch auf ihnen waren leuchtend rote Flecken oder Spritzer.

Waren es meine Füße, die ich da sah? Oder war ich das Kind?

Mich überkam bereits jenes merkwürdige Schwindelgefühl, das ich als ganz kleines Kind immer empfunden hatte, wenn mich ein Fremder auf den Arm genommen hatte ...

Das Bild war inzwischen ganz nah, es hing gewissermaßen über dem Weinberg. Ich konnte jede Einzelheit erkennen: das Kissen mit den goldenen Quasten, den silbernen Ball (beziehungsweise die Kugel), den das Kind in der linken Hand hielt, und dann die Krone auf ihrem Kopf. Und so unglaublich es auch war, aber ich hatte gesehen, wie die Krone der Madonna entstanden war. Warum hatte ich das noch nie bemerkt? Die Madonna lächelte, so wie meine Mutter fast immer lächelte, aber sie hatte gewiss keinen Mittelscheitel ...

Das Schwindelgefühl wurde immer stärker; und das Schweigen, das jedes Leben im Weinberg erstickt hatte, wurde nun von Kreischen und Stimmen übertönt. Manche waren weiter weg, andere ganz nah und ohrenbetäubend. Dann, nach einer wahrscheinlich langen Pause, in der ich wie benommen war und das dunkelblaue Licht immer heller wurde, flüsterte mir eine Stimme, die so warm war wie ein Busen, zwischen zwei Küssen zu: „Wach auf, wir sind da!“

Aurora

Ihr nackter Arm schimmerte in zarten, kostbaren Tönen – von hellem Rosa bis Opal – bis hin zum Handgelenk, wo die Venen sich verzweigten und über ein kaum sichtbares, quer verlaufendes Grübchen kletterten, um dann, leicht erhöht, auf dem Handrücken wieder aufzutauchen, der ebenfalls wachsrosa war, allerdings mit einem bläulich durchschimmernden Grund, und im Licht der durch die Akazien fallenden Sonnenstrahlen in allen möglichen unerwarteten Schattierungen leuchtete, die ihrem Wesen nach eher einem Duft ähnelten als einer Farbe. Wenn ich diese Hand aus allernächster Nähe betrachtete, fühlte ich mich an Rosenblätter erinnert, die zu gewissen Tageszeiten – vor allem bei Sonnenuntergang und im Gegenlicht – eine Qualität annehmen, die, wenn man sie nicht nur mit den Augen, sondern mit allen Sinnen erfasst, mit Worten fast nicht zu beschreiben ist. (Als ob mich jetzt, nach so langer Zeit, jemand fragen würde, welche Farbe die Brust meiner Mutter hatte.)

Aurora, die nicht weit von uns entfernt wohnte, holte mich eine Stunde vor dem Abendessen ab, und wenn sie lächelnd ankam, saß ich bereits auf der einzigen Stufe vor der Tür und wartete. Das Mädchen beugte sich in die dunkle Türöffnung und rief mit fröhlicher Stimme: „Gehen wir!" Dann liefen wir Hand in Hand den kleinen Hang zum Bahnübergang hinauf. Manchmal, wenn er geschlossen war, warteten wir auf den Zug, um den Passagieren zu winken.

Jenseits der Eisenbahngleise wartete eine aufregende, neue, paradiesische Welt auf uns. Auf der linken Seite, gleich hinter den Balken, stand ein Häuschen mit halb geschlossenen Fensterläden, das so geheimnisvoll wirkte, dass man glauben konnte, von jemandem, der nicht gesehen werden wollte, aus dem Inneren beobachtet zu werden. Wir gingen daran vorbei und warfen uns komplizenhafte Blicke zu, aber sobald wir sicher waren, dass uns niemand hören konnte, brachen wir in Gelächter aus. Wir stießen Jubelschreie aus, in die sich jedoch auch ein wenig Beklemmung mischte. Ungefähr hundert Meter weiter stand auf der rechten Seite eine alte Mühle, aus der ein Wasserfall tosend in eine Art von Akazien bewachsene Klamm stürzte. Um auf den Grund hinunterzuschauen, wo das Wasser schäumte, beugten wir uns über das Geländer der Steinbrücke, über die mittlerweile die Straße führte. Gleich dahinter lag unbewohntes Land. Hier gab es keine Häuser mehr, sondern nur noch Luzernefelder, Holunderwäldchen und eine mittlerweile nicht mehr benutzte Militärstraße, die quer durch das Grün schnitt: aber nur bis zu dem gewissen Punkt, wo ihr der eben erst angelegte Entwässerungskanal den Weg abschnitt.

Genau hier, auf der Höhe dieser Kreuzung, stürzten wir uns in ein dichtes Weidengestrüpp, um dann auf dem Weg seitlich des Flusses weiterzugehen, in den das Wasser der Mühe floss. Dem Lauf des Flusses folgend gelangten wir zu einem großen grasbewachsenen Platz mit gelben Topinamburblüten. Bevor wir wieder nach Hause gingen, pflückte Aurora einen schönen Strauß.

Eines Abends wurden wir von Neugier gepackt, verließen den gewohnten Weg und drangen auf eine kleine Halbinsel vor, die nicht größer war als der Platz, den ein Zigeunerlager oder ein Zirkus eingenommen hätte. Aufgrund irgendwelcher Ereignisse oder menschlicher Eingriffe wies das kleine Gelände, das von einer Flusswindung umschlossen wurde, abgesehen von Wüsten und Ozeanen, alle Formen der irdischen Landschaft auf: Ebenen, Seen, Hügel und sogar „Berge“ mit von dichter Vegetation bedeckten Tälern, in denen sich Hütten befanden, und die Türen und Wege, die zu ihnen hinführten, waren von Brombeersträuchern überwuchert. Aber das absonderlichste Gebäude, das nur aufgrund seiner düsteren Schlichtheit zu der Landschaft passte, war eine Betonkonstruktion mit spitzen Vorsprüngen und ohne Fenster – sofern man die viereckigen Öffnungen im Walmdach nicht als Fenster bezeichnete. Ein Gebäude, vergleichbar einzig und allein mit einem leblosen und ungeschliffenen Kristall. Diese außergewöhnliche und abweisende Struktur erregte meine Neugier; da half es auch nichts, dass mir Aurora im Ton eines Märchenungeheuers die schrecklichsten Abenteuer prophezeite.

Ich wollte eine Runde um das Gebäude machen, allerdings, wie ich zu Aurora sagte: „Unbedingt allein."

Auf dem Sockel des Dings, das aussah wie ein Meteorit, befand sich ein von Unkraut überwucherter Gehsteig, und die Glockenblumen, die in die Mauerritzen krochen, rankten sich beinahe bis zu den merkwürdigen Fensterchen hoch. Fast sah es aus, als würden sie eine Bresche durch die dicke Betonmauer schlagen, aber dann bogen sie ohne ersichtlichen Grund zuerst nach rechts und dann nach links ab. Hinter einem viereckigen Mauervorsprung entdeckte ich eine Tür, die weder Türstock noch Läden besaß. Im Raum dahinter, der aussah wie ein Schilderhäuschen und dessen Boden zwei Stufen unterhalb des Gehsteigs lag, waren die merkwürdigsten Dinge zurückgelassen oder angesammelt worden: verrostete Blechdosen, Lumpen von undefinierbarer Farbe, versengte Holzbretter, Flaschen, Glasscherben, Stroh und sonst noch alle möglichen Dinge, die zertreten und schmutzig auf dem Boden lagen. Nur ein Weg, der in der Mitte hindurch führte, war frei. Und als ich den Blick über all die weggeworfenen Sachen schweifen ließ, entdeckte ich in der rechten Wand eine rußige und von Feuchtigkeit triefende Öffnung, die genauso groß wie der Eingang war, jedoch noch weiter in die Tiefe zu führen schien, denn gleich dahinter befanden sich ebenfalls Stufen. Ich wunderte mich, dass sie mir nicht gleich aufgefallen war, immerhin war die Luft hier drinnen eiskalt und schneidend. Ohne länger darüber nachzudenken, stürzte ich hinunter. Zuerst sprang ich über die beiden Stufen, die zu einem Säulengang führten, und dann über die anderen, obwohl ich keine Ahnung hatte, wohin sie führten. Ich vermied es jedoch, die Wände zu berühren, die von einer glitschigen und bestimmt widerlichen Patina bedeckt waren. So tauchte ich Stufe um Stufe in die Dunkelheit ein, wobei ich mich weit nach hinten lehnte, um nicht auszurutschen.

Die Dunkelheit war absolut, trotz der Schlitze im Dach. Ich musste mir also vorsichtig einen Weg bahnen, denn der Boden des tiefer gelegenen Raums war von einer Unmenge von Dingen übersät, genauso wie der Boden des Raumes davor. Sogar ein paar Sessel – vielleicht waren es sogar Bänke – lagen herum, ich stieß mit den Knien dagegen. Unter meinen Füßen spürte ich etwas Weiches wie einen mit Blättern gefüllten Sack oder einen Strohsack. Dann splitternde Strohhalme. Ich stellte mir vor, dass jemand schon vor mir hier gewesen war, dass jemand vielleicht sogar hier lebte und mich jetzt aus irgendeinem Versteck heraus beobachtete ...

Aber dieser Verdacht beunruhigte mich merkwürdigerweise nicht, er belustigte mich sogar, denn er war Teil eines Spiels, das ich oft spielte, wenn ich allein war. (Auch wenn mir niemand glaubt: Ich war immer der Meinung, dass man allein sehr gut spielen kann; man braucht sich nur vorzunehmen, irgendetwas zu erforschen oder irgendeine Vorrichtung zu bauen. Bei den Problemen, die dabei zu lösen sind, den praktischen natürlich, läuft einem das Wasser im Mund zusammmen, wie jemandem, der gerne Süßigkeiten isst. Sie sind so aufregend, dass man sogar mitten in der Nacht aufstehen würde, um sie zu lösen.) Es ging mir nicht einmal darum, meinen Mut unter Beweis zu stellen, ich fühlte mich an diesem Ort ganz einfach wohl, wenn nicht gar beschützt. Ohne zu wissen, von wem. Dieser undefinierbare und finstere Ort hatte für mich absurderweise etwas Vertrautes, Anheimelndes. In ihn einzutauchen war, als würde man im Traum das Gefühl haben, es mit etwas Unbekanntem zu tun zu haben, das man aber von irgendwoher kannte. Der Blick, der Atem, und in stärkerem Maße noch die Gerüche, mit einem Wort, die körperliche Präsenz der Menschen, die vor mir hier gewesen waren, waren mir paradoxerweise nicht fremd. Das Gefühl war mir durchaus vertraut: das Gefühl einer zu füllenden Leere, eines lähmenden Schweigens, einer Leichtigkeit, eines inneren Klanges, den niemand sonst hören konnte ... Gerüche und die Dunkelheit waren für mich immer die ideale Voraussetzung gewesen, mich zu spalten, mich im Geiste anderswohin zu begeben, mir vorzustellen, allgegenwärtig zu sein ...

Keine Rede davon, dass ich regelmäßig in die Katechismusstunde ging. Ich war bloß ein- oder zweimal dort gewesen, weil mich eine alte Dame, für die meine Mutter Kleider nähte, dazu überredet hatte. Bei einer dieser Gelegenheiten hatte ich mit anderen Kindern der Karfreitagsaufführung beigewohnt. Als die Aufführung vorbei war, dämmerte es bereits. Die Lichter im Saal waren ausgemacht, die Requisiten in einer Versenkung auf der Bühne verstaut worden, und ich stand ganz allein auf der menschenleeren Bühne. Ich war aus einem ganz bestimmten Grund dort geblieben, der mir vielleicht gar nicht bewusst war: Von einer unbezwingbaren Neugier getrieben, fand ich mich, fast ohne es selbst zu bemerken, in der Dunkelheit unter der Bühne wieder. Ich hatte wenig Zeit und ich war nervös, weil man mich sicher bald suchen würde. Und obwohl ich nicht daran zweifelte, dass der Raum mit den unglaublichsten Sachen vollgestopft war, mit denselben, die ich – dessen war ich mir sicher – auch nachts in meinen Träumen sah, machte ich ein paar vorsichtige Schritte – oder ich glaubte zumindest, ein paar Schritte zu machen, als meine Hände etwas Glattes, Behauenes berührten, von dem ich dachte, es sei eine Statue. Aber als ich die Oberfläche befühlte – sofern es wirklich eine Staute war, war sie riesig –, stellte ich fest, dass ich etwas Stacheliges, Kaltes berührte ... Dabei hatte ich einen Augenblick lang geglaubt, einen Fuß zu berühren, ich hatte sogar die Sehnen vor mir gesehen, die angezogenen Zehen, die Nägel sogar ... Nun wollte ich überprüfen, ob das, was mir als Eisenpflock erschienen war ...

Urplötzlich, wie vom Licht eines Blitzes erhellt, sah ich Christus am Kreuz vor mir.

Meine erste Empfindung war Ekel oder Argwohn, wenn nicht gar die Reaktion der Abwehr. Eine Abwehrhaltung, die ein Kind vor etwas absolut Neuem einnimmt, vor einem unbekannten Tier oder irgendeinem Ding, das gänzlich außerhalb seines Erfahrungsbereiches liegt. Und als ich die Hand instinktiv zurückzog, fiel mir auch sofort ein, wie eiskalt und wächsern die Stirn meiner Großmutter sich angefühlt hatte, als man mich aufgefordert hatte, sie ein letztes Mal zu berühren. Ich wollte noch einen Versuch wagen. Vorsichtig streckte ich die Finger aus, doch da hörte ich, wie jemand die Türklinke drückte. Dann die Stimme von jemandem, der mich beim Namen rief: einmal, zweimal, dreimal. Mir blieb nichts anderes übrig als hinauszugehen.

Vor der ersten Stuhlreihe stand aufrecht eine schwarzgekleidete Frau, die, wie mir sofort klar war, die Kundin meiner Mutter war. Man hatte sie mir beschrieben. Deshalb erkannte ich sie. Sie trug eine Brille mit sehr dicken Gläsern und eine schwarze Kappe, unter der die Haare im Nacken zusammengebunden waren. Auf der linken Seite der Nase – das war ihr Kennzeichen – hatte sie eine Warze, die sie offenbar sehr störte, denn sie betupfte sie unablässig mit einem Seidentaschentuch. „Du gehst mit mir nach Hause", sagte sie zu mir. „Am Abend wird dich dann deine Mutter holen kommen." Ohne dem etwas hinzuzufügen, nahm sie mich an der Hand und führte mich zum Ausgang der Kapelle.

Die alte Dame wohnte in einem zweistöckigen Haus, dessen Torbogen so groß war, dass eine Kutsche hindurchfahren konnte. Aus einem der beiden Torflügel, die seit ewig langer Zeit nicht mehr geöffnet worden waren, hatte man eine kleine Türöffnung herausgeschnitten, durch die man in eine mit schwarzweißen Fliesen ausgelegte Vorhalle gelangte. Am Ende der Vorhalle befand sich ein zweites Tor, das genauso groß war und aus dem man ebenfalls eine Tür herausgeschnitten hatte. Durch sie gelangte man in einen Innenhof, in dem die von Buchsbaum gesäumten Beete lagen. Zwischen zwei Beeten befand sich das untere Ende der Steintreppe, die ins obere Stockwerk hinaufführte.

Die alte Dame schob eine Glastür auf und ich sah einen langen Gang, und links und rechts davon öffneten sich Zimmer, die alle im Halbdunkel lagen. Ich ging über den rot gesäumten Läufer, langsam, wie jemand, der sich unschlüssig ist, was er betrachten soll, und dabei stellte ich fest, dass sowohl zur Rechten als auch zur Linken unzählige Ölgemälde in schwarzgoldenen Rahmen hingen, eines über dem anderen. Sie waren jedoch so dunkel, dass man nichts auf ihnen erkennen konnte. Nur auf einem, dem größten, das in der Mitte hing und genauso breit war wie die darunter stehende Sitztruhe, konnte man Fische mit wässrigen und ausdruckslosen Augen erkennen. In einem etwas helleren und geräumigeren Schlafzimmer sah ich allerdings einige Frauenporträts, die im Gegensatz zu den Bildern auf dem Korridor in hellen und leuchtenden Farben gehalten waren; allerdings war auch auf ihnen kaum etwas zu erkennen, weil das Glas davor das Licht in allen Farben des Regenbogens spiegelte. Und da der Parkettboden unter meinen Füßen knarrte, versuchte ich langsam die beste Haltung einzunehmen, um sie zu betrachten. Es waren mehr als erwartet, und es war immer dieselbe Person abgebildet; nur die Kleider und die Haltung der Hände war auf jedem Bild anders. Aber das Merkwürdigste war, dass mir die Augen in dem Gesicht überallhin folgten. Das Mädchen auf den Porträts war blond; mal fielen ihr die Haare offen auf die Schultern, mal umrahmten sie in weichen Locken das Gesicht. Sie trug weißbraun gestreifte oder mit Blümchen verzierte Kleider, und zumeist waren ihre Arme nackt. Mich interessierten vor allem die Hände, die auf fast allen Bildern ein Buch oder ein Spitzentaschentuch hielten. Und die Haut war derart kunstvoll und geheimnsivoll (lebensecht, würde man sagen) wiedergegeben, dass die sorgfältig gezeichneten Blutgefäße wie Flüsse eines imaginären Planeten durchschimmerten. Und zur Auflockerung befand sich auf allen Händen ein Ring mit einem winzigen blauen Stein.

„Gefallen sie dir?“, hörte ich sie fragen.

Dann, nach einer Pause, die in einen Seufzer mündete, fügte die alte Dame hinzu: „Weißt du, wer dieses Mädchen war? Sie war meine Tochter.“

Das sagte sie nachdenklich, als ob sie gar nicht mit mir spräche.

Später, nachdem sie mich aufgefordert hatte, neben ihr auf der kleinen, im Licht des Sonnenuntergangs daliegenden Veranda Platz zu nehmen, nahm die alte Dame einen Apfel und hielt ihn mir lächelnd hin, als erahnte sie meine Verwirrung. Erst jetzt stellte ich fest, dass auf dem Tisch unreifes Obst schön aufgereiht dalag, dessen Duft vom Treppenabsatz in alle Zimmer das Hauses drang. Wir sahen uns lange an. Dann, während sie ihren Blick auf der Glyzinie ruhen ließ, die sich draußen bis zum Dach emporrankte, begann sie zu erzählen.

„Seitdem ich allein bin, sind diese Bilder meine einzige Verbindung zum Leben ... Ich habe nur diese Bilder und die Kinder im Katechismusunterricht. Hin und wieder gehe ich in die Kirche, aber ich bete nicht, weil ich nicht weiß, was ich sagen soll. Aber wenn ich dort allein bin, habe ich das Gefühl, in der Nähe meiner Tochter zu sein. Und deshalb habe ich auch immer die Fensterläden halb geschlossen, im Halbdunkel kann ich mich besser mit ihr unterhalten. Diese Bilder sind Selbstporträts, sie hat sie gemalt, während sie in den Spiegel blickte. Sie war tatsächlich so schön. Und auch sehr begabt, wenn sie nicht so bald gestorben wäre, wäre sie bestimmt eine richtige Malerin geworden ... Ich habe alles getan, um sie zu retten, aber es war nichts zu machen. Die Spanische Grippe hat sie in wenigen Tagen hinweggerafft. Es war Krieg, und damals gab es nicht so gute Medikamente wie heute ... Vielleicht hat sie sich verkühlt, als wir vor den Kanonenschüssen der Österreicher davongelaufen sind. Stell dir vor, wir haben uns – manchmal sogar nachts – in einen betonierten Schützengraben hinter den Eisenbahngleisen geflüchtet, ganz in der Nähe deines Elternhauses. Wenn es regnete, war er voller Schlamm. Manchmal trat auch der Fluss über die Ufer, und um zu dem Unterstand zu gelangen, mussten wir Gräben überqueren, über die man Holzbretter gelegt hatte. Aber wir wurden trotzdem nass. Und dann mussten wir zwei, drei Stunden dort hocken bleiben ... in dieser schrecklichen Nässe ... du kannst dir ja gar nicht vorstellen, wie grauenhaft der Krieg ist!“

Sie schwieg und seufzte ein paarmal, und dann fuhr sie fort.

„Meine Tochter hat auch Klavier gespielt. Hast du das Klavier in ihrem Zimmer gesehen? Es ist offen geblieben, so wie sie es zurückgelassen hat. Stell dir vor, sie war sogar zwei Jahre in Wien, um Deutsch zu lernen. Und danach konnte sie es so gut, dass alle staunten. Dein Vater und deine Mutter haben sie auch gekannt, denn vor seiner Heirat hat dein Vater hier gegenüber gewohnt. Siehst du diese Möbel? Die hat alle dein Vater gemacht, auch das Haustor. Die Sachen, die dein Vater macht, sind für die Ewigkeit bestimmt. Auch dein Großvater war sehr tüchtig. Er hat unsere Kutsche gezimmert. Alle dachten, wir hätten sie aus Wien kommen lassen, dabei hat er sie gemacht. Dein Großvater war sehr tüchtig, nur leider immer betrunken. ... ‚Baldo', sagte ich zu ihm, ‚deine Hände werden in den Himmel kommen, aber dein Herz wird in der Hölle schmoren'."

Als die alte Dame zu sprechen aufhörte, war das Zimmer beinahe dunkel.

Sie blieb noch ein paar Minuten schweigend sitzen, und dann fragte sie mich, ohne mir dabei in die Augen zu sehen: „Warum isst du den Apfel nicht? Du kannst danach noch einen haben." Und da ich mit dem Apfel in der Hand sitzenblieb und ihr zuhörte, fuhr sie fort: „Weißt du, dass deine Mutter wunderschöne Kleider näht? Mit dieser Masche bist du wirklich elegant. ... Sie muss übrigens gleich kommen", fügte sie hinzu, „um mir ein Kleid anzupassen." Danach ließ sie den Blick wieder auf der Glyzinie ruhen, als würde sie dadurch die Stimme besser hören, die in einem der umliegenden Gärten jemanden rief. Und dann fuhr sie fort zu sprechen, hörte jedoch nicht auf, auf das Rufen zu hören. „Ich weiß, dass auch du gerne zeichnest ..." Dann schwieg sie, denn man hörte rasche Schritte die Treppe heraufkommen.

Als es an der Glastür klopfte, machte die Dame das Licht an und sagte: „Herein!" Plötzlich stand ein blondes Mädchen mit einem geblümten Kleid unter der Lampe. Nach einem tiefen Atemzug sagte sie keuchend, wobei sie mich anlächelte: „Ich bin gekommen, ihn abzuholen ... seine Mutter verspätet sich nämlich ... Ich bin Aurora."

Betelgeuse

Bis zum späten Nachmittag gab es nirgendwo Schatten. Weder Schatten noch Kühle, und selbst wenn man sich in ein Maisfeld geflüchtet und sich auf dem Boden zwischen den Furchen ausgestreckt hätte, hätten die Blätter allen Erwartungen zum Trotz keine Erleichterung gebracht, so sehr glühte die Erde unter dem Brennglas der Sonne. Und genauso absolut war das Schweigen. Am Nachmittag hätte das Summen einer Biene ausgereicht, um es zu brechen, aber nur bis fünf Uhr, denn da donnerte der Orient-Express über die Eisenbrücke, die über den Isonzo führte. Und während die Geräuschwelle auf der Strecke zwischen den menschenleeren Bahnhöfen langsam verebbte, wuchsen die Schatten der Pfosten aus Akazienholz in den Weingärten langsam, mit einer feierlichen Geste, wie der Schatten einer Sonnenuhr. Und mit ihnen die der Weiden, bis schließlich auch die Erlen träge erwachten. Erst jetzt konnte man wieder die verschiedenen vom Sonnenlicht gebleichten Grüntöne erkennen, sie überlagerten sich in den verschiedensten Schattierungen, die vom tiefen Grün der Luzerne bis zu einem regenbogenfarbenen Opal am Horizont reichten. Und wenn der Tag bei Sonnenuntergang in ein kaum wahrnehmbares Schillern überging, schien die ganze Landschaft wieder vor Schönheit zu leuchten und zu tönen. Dies war der Augenblick, in dem an Julitagen die Farben ihre Strahlkraft zurückerlangten, als ob eine unsichtbare Hand die Dinge der Welt einzeln polierte.

In dem Augenblick, in dem das Rot vom Blau abgelöst wurde,

nahm ich das Fahrrad und fuhr auf der Straße, die zum Friedhof führte, in die Felder hinaus.

An diesem Abend war ich aus irgendeinem Grund sehr glücklich. Ich radelte dahin, und während ich in die Pedale trat, sang ich: „Peregrinus, peregrinus expectavi ..." Bis zu dem Punkt, an dem die Strophe in tausend Dissonanzen zersplittert (Schilder krachen aneinander, Degenhiebe sausen auf Helme herab, man hört Trompetenstöße und das Stampfen der Pferde ... Und nach einer Weile beginnt die Strophe, unbesiegbar und kühn, von neuem: „Peregrinus expectavi pedes meos in cymbalis ..." Und im Gegensatz dazu wird das prasselnde Geräusch, mit dem die Lanzen die Brustpanzer aus Stahl durchbohren, noch lauter ... Bis der Gesang der Verteidiger sich auf die Klage der Verletzten herabsenkt ...)

Mit meiner bescheidenen Stimme versuchte ich die schrillen Dissonanzen nachzuvollziehen, aber sie beschwörte nur ein etwas formloses Gebilde herauf, ansonsten blieb alles in mir verschlossen.

Dennoch bebte ich beim Singen vor Freude.

Ich gelangte an eine Wegkreuzung, und die Straße, über die ich jetzt fuhr, war kaum breiter als ein Fußpfad. Verwirrt, als wäre ich gerade aus einem Traum erwacht, fand ich mich an einem völlig unbekannten Ort wieder. Ich war wohl zu weit gefahren, denn der Mond, der zuerst gar nicht zu sehen gewesen war, stand mittlerweile hoch am Himmel. Wahrscheinlich war ich, ohne es zu bemerken, auf einen anderen Weg eingebogen als sonst. „Das kann leicht passieren", dachte ich. Ich legte das Fahrrad auf den Boden und versuchte mich zu orientieren; ich beschloss, zu Fuß weiterzugehen, um zu sehen, ob sich weiter vorne der Flussdamm befand, denn in diese Richtung war ich ursprünglich gefahren. Ich lief also quer über ein Stoppelfeld, wo der Weizen wohl erst vor kurzem geerntet worden war, bis ans Ende. Obwohl ich nichts Genaues gesehen hatte, vermutete ich, dass sich hinter den Weiden ein steiler Hang befand, und darunter eine der vielen Straßen, die zu einem der Landgüter führte. Wenn sich darauf Radspuren gefunden hätten, hätte ich ihnen folgen und auf diese Weise ins Dorf zurückgelangen können. Und als ich, nur wenige Schritte von den Weiden entfernt, unter den Füßen das Gras der Schotterterrasse spürte, sah ich tatsächlich einen Wall, hinter dem sich womöglich eine schon lange nicht mehr benutzte Straße verbarg; alles war jedoch von dunklem, hohem Gras bedeckt, deshalb konnte sich dahinter auch einer der vielen Entwässerungskanäle befinden. Entschlossen, der Sache auf den Grund zu gehen, hielt ich mich an einem Wurzelstock fest und beugte mich mit dem ganzen Körper über den Abgrund; aber obwohl ich nicht einmal das Geräusch eines ins Wasser plumpsenden Frosches hören konnte – das in der Nähe von Wasser unvermeidlich ist –, wurde ich den Verdacht nicht los, dass ich mich über einen Sumpf oder zumindest über einen breiten Graben beugte. Ich überlegte mir auch, ob ich einen Stein hinunterfallen lassen sollte, um festzustellen, wie der Grund – Erde oder Wasser – beschaffen war. Aber wo sollte ich einen hernehmen?

Nachdem ich mich aus meiner unbequemen Haltung befreit hatte, ging ich zurück. Der Gedanke, der mir nun durch den Kopf schoss, war völlig unbegründet, aber nach diesem Fehlschlag überlegte ich mir dennoch – wie in einem Kinderspiel –, ob ich nun an diesem Ort eingeschlossen war. Es war ein Spiel, aber nur bis zu einem gewissen Punkt ...

Ich hielt den Atem an und blieb stehen, um irgendein Lebenszeichen zu vernehmen, denn, um die Wahrheit zu sagen, ich hielt es für mehr als unwahrscheinlich, dass – abgesehen von den Fröschen in dem Graben, den es vielleicht gar nicht gab – nicht einmal ein Schrei, ein Rauschen oder das Zirpen von Grillen zu hören war. Ungewöhnlich an der Situation war jedoch vor allem die Unbeweglichkeit der Dinge; als ob meine Anwesenheit die Natur in Alarmbereitschaft versetzt und zu lauschen veranlasst hätte. Aber am auffälligsten war, dass die Dunkelheit – die mich sonst nicht abhielt, die Vielfalt der Formen und Farben zu erkennen – so stumm und undurchdringlich war wie die Dunkelheit in einem Traum, aber andererseits auch zweideutig, so zweideutig, wie eine „leuchtende Dunkelheit“ nur sein konnte. Anders hätte ich diese Atmosphäre nicht beschreiben können. Wenn es sich um eine Darstellung der Realität – zum Beispiel um eine nächtliche Landschaft – gehandelt hätte, dann hätte ich diese Atmosphäre als magisch oder metaphysisch bezeichnet. Aber hier stellte sich die Realität selbst dar wie in einem alten Stummfilm, in dem das Schweigen den Sinn der Dinge verändert.

Das waren meine Gedanken, während ich zu der Wegkreuzung zurückging, von der ich aufgebrochen war. Und während ich auf die Stoppeln trat, wurde mir nicht ohne ein gewisses Unbehagen klar, dass ich mich nicht nur verlaufen hatte, sondern dass ich auch gefühlsmäßig etwas verwirrt war; immerhin kannte ich diese Gegend sehr gut, und außerdem war es eine sehr helle Nacht. Vielleicht hatte mich die Musik Prokofiews abgelenkt und der Realität entrissen, aber sie allein konnte nicht der Grund sein, weshalb ich kilometerweit herumirrte wie ein Schlafwandler. Mit einem Wort, dass ich mich in den Feldern verirrt hatte – was immerhin schon mehrmals vorgekommen war –, beunruhigte mich weniger als mein Zustand der Verwirrung. Auch wenn der Ausdruck „Verwirrung" vielleicht übertrieben war ...

Ich dachte über diese merkwürdige Sache nach, obwohl ich nicht wusste, warum und wozu: entweder, um mich dem Augenschein zu ergeben, oder um meine augenblickliche Verwirrung mit der Aufregung zu rechtfertigen, die ich während der göttlichen Stunden empfunden hatte, in denen ich der Musik gelauscht hatte.

„Ob Alexander Newski mich wohl verzaubert hat?", fragte ich mich lächelnd.

Als mein Blick den unregelmäßigen Reihen der Stoppeln folgte, blieb er plötzlich an einer Weizengarbe hängen, die hier lag, als ob sich jemand aus einem geheimnisvollen Grund geweigert hätte, sie aufzuheben. Ich blieb stehen und hatte sogleich eine Eingebung. Ich zögerte zwar ein wenig, denn ich war nicht nur drauf und dran, in gewisser Weise ein Sakrileg zu begehen, sondern auch einer meiner Marotten nachzugeben. Aber der Abend hatte nun mal so begonnen: Im Zeichen von Prokofiews verstörender Musik.

Und nun vergaß ich meinen verwirrten Zustand und überließ mich dem Instinkt. Ich blickte einmal um mich und dann legte ich mich langsam auf das Ährenbündel.

Im Liegen, aufgrund der veränderten Perspektive, erschien mir alles anders und neu: nicht nur der Sternenhimmel, sondern auch die Welt, und mit der Welt mein Körper. Ich hatte sogar das Gefühl, nur noch als sehendes Auge zu existieren. Die Linie des Horizonts war verschwunden. Die Weiden, das Gras der Schotterterrasse, die Stoppeln, alles war verschwunden, und auch meine Füße waren verschwunden, obwohl ich gerade noch auf meinem Weg hierher vorsichtig einen Fuß vor den anderen gesetzt hatte. Ich spürte auf geheimnisvolle Weise die Einsamkeit der Himmelsräume. Wie auch meine eigene.

Aber allmählich hörte ich auch ein Geräusch wie von einer Rollbrandung, beziehungsweise äußerst schrille Töne, die ohrenbetäubend waren wie ein tausendstimmiger Psalm. Eine akustische Halluzination? Ich wagte eine Diagnose: erhöhter Blutdruck. Tatsächlich verspürte ich manchmal, wenn ich schnell die Lage wechselte, nicht nur Schwindel, sondern auch eine gewisse Übelkeit. Um mich den bedrängenden Klängen zu entziehen, begann ich wieder zu singen: „Pe-re-gri-nus, ex-pec-ta-vi ..." Aber es war mir unerträglich, meine Stimme zu hören: Sie war ein peinlicher, lächerlicher Eindringling, unverständlich wie alles, das fehl am Platze ist.

Aufs Neue dachte ich mit einem gewissen Genuss, dass ich mich von hier nicht mehr wegbewegen würde. Es war schön, mich an der Größe Orions zu messen. Aber noch erhebender war die Tatsache, dass ich als einziger im ganzen Universum von „meiner" geheimen Beziehung zu den Dingen wusste. Darüber denkt nie jemand nach: Ein Geheimnis (wenn man zum Beispiel verliebt ist) mit jemandem zu teilen, ist aufregend, aber es nicht zu teilen, ist tausendmal aufregender. Wenn wir von Liebe sprechen, ist das alles lächerlich, ich weiß. Dennoch bin ich davon überzeugt, dass das absolute Geheimnis im wesentlichen die Kehrseite der Einsamkeit ist; beziehungsweise das Bewusstsein davon ... Unvorstellbar, dass viele sich beklagen, allein zu sein. Einsamkeit, die Fähigkeit, für sich zu sein, ist eine Gnade, ein Geschenk der Götter. Alles andere ist Unglück, Bedürftigkeit, Schrei nach Hilfe, mit einem Wort, der Wunsch nach Gesellschaft, einfach weil man jemanden braucht. Freundschaft? Ja, sicher, Freundschaft ist etwas Wunderschönes. Wenn man im Leben keinen Freund hat, versäumt man vieles. Aber letzten Endes, im Grunde, ist unser Hirn „einzigartig“: Es fühlt, denkt und leidet immer in der Einzahl. Vor allem leidet es immer in der Einzahl. Und die anderen sind glücklich, Mitleid haben zu dürfen ...

Ich wäre eingeschlafen, wenn dieser zauberische Zustand nicht von einem Rauschen unterbrochen worden wäre, das seinerseits immer wieder unterbrochen wurde, als ob sich jemand mit kleinen Schritten näherte und hin und wieder stehenbliebe, um zu lauschen. So leise wie nur möglich setzte ich mich auf und blickte mich um, um sicherzugehen, dass hinter mir, hinter der Garbe, nicht jemand mit schleifenden Schritten auf mich zukam, aber bis zum Rand des Feldes war niemand zu sehen. Ich hörte einzig und allein meinen Atem. Um mich zu konzentrieren und besser lauschen zu können, starrte ich auf die Stoppelreihen vor meinen Augen. Lange Zeit hörte ich nichts, außer dass das Stroh unter mir kaum merklich nachgab. Ich wollte mich gerade wieder auf den Rücken legen, als sich genau in meiner Blickrichtung ein dunkler Umriss abzeichnete, der sich langsam wieder in Bewegung setzte: Es war ein friedliches, blindes Stachelschwein, das sich verirrt hatte.

Nicht ohne ein Gefühl der Zärtlichkeit für das stachelige Etwas stellte ich fest, dass seine Anwesenheit ausgereicht hatte, den Bann zu brechen. Und die Einsamkeit zu vertreiben.

Lächelnd stand ich auf.

Ich stieg wieder auf das Fahrrad und fuhr den Weg zurück, auf dem ich gekommen war, denn das erschien mir mittlerweile als das logischste. Und tatsächlich verbreiterte sich der Weg kurz danach zu einer richtigen Fahrbahn, die allerdings in regelmäßigen Abständen und auf beiden Seiten von der Dunkelheit verschluckt wurde; deshalb blieb ich im Zweifelsfall stehen und überprüfte aus allernächster Nähe, wohin die markantesten Radspuren führten. Unruhe überkam mich erst wieder, als ich auf einer Ziegelbrücke zwei Steinsäulen links und rechts der Straße erblickte, die mir beim Hinfahren gar nicht aufgefallen waren und die aussahen, als würden sie das plötzliche Ende der Straße ankündigen. Als ich die kleine Erhebung überwunden hatte und bereits auf einer Pyramidenpappel-Allee dahinfuhr, wurde mir jedoch schlagartig klar, dass ich mich in der Nähe der alten Ziegelbrennerei befand. Endlich ein Orientierungspunkt, der mir allerdings klarmachte, dass ich weiter vom Dorf entfernt war als erwartet.

Die bereits seit Jahren stillgelegte Brennerei – die ich schon lange kannte, weil einer meiner Onkel hier gearbeitet hatte – lag auf einem riesigen Gelände, das nicht nur von Gräben, sondern auch von langen mit Unkraut überwucherten Wällen aus Lehm durchzogen war, bei deren Anblick man sich an die Bastionen einer aufgelassenen Festung erinnert fühlte. Mitten in dieser Einöde, in der die abschüssigen Ufer gefährliche Hinterhalte darstellten, standen Hütten, in denen sich grob zusammengezimmerte Regale befanden, die aussahen, als würden sie bei der ersten Berührung auseinanderfallen.

Als ich das letzte Mal hier gewesen war, hatten überall Ziegel herumgelegen, die noch in ihren Holzformen steckten; manche waren gebrannt, andere noch roh. Und das Ganze war in eine unheimliche Atmosphäre getaucht, vielleicht weil alles – die Höfe, die Maschinen, die Terrassen, die Dächer und sogar der Himmel – die graue Farbe des Tons angenommen hatte. Sogar die Spinnweben waren von feinem grauen Staub überzogen wie von Puder. Wenn man dieses Geisterdorf betrat – es gab hier so viele Schuppen, Lauben und improvisierte Lager, dass es durchaus ein Dorf hätte sein können –, hatte man weniger ein Gefühl von Unordnung als vielmehr von Verwüstung: als ob die Arbeiter aufgrund einer tödlichen Bedrohung alles liegen und stehen gelassen hätten und davongerannt wären.

Mitten in diesem Chaos ragte einsam und allein ein Schornstein empor wie ein aberwitziges, in seiner Schlichtheit jedoch erhabenes Denkmal. An seiner Basis befand sich eine dunkle Öffnung, und wenn man durch sie trat, fühlte man eine merkwürdige Beklemmung, denn der Luftzug oben an der Spitze des Kamins verursachte ein dumpfes und bedrohliches Pfeifen. Mit Ausnahme dieser dunklen Höhle standen alle anderen Gebäude so weit offen, dass Sonnenlicht und Wind ungehindert eindringen konnten.

Während ich über die Straße fuhr, die voller Schlaglöcher war, denen ich in der Dunkelheit nicht ausweichen konnte, sah ich über mir das Laub der Pappeln vorbeiziehen wie Schatten oder Wolken. Die Brennerei musste nun bald zu meiner Linken auftauchen, in den Feldern, weit vom Weg entfernt, sodass ich achtgeben musste, die Zufahrtsstraße nicht zu übersehen. Aus diesem Grund fuhr ich etwas langsamer und in diesem Augenblick sah ich, dass auf der Straße, die nach links abzweigte (genau die, die ich suchte), mir jemand entgegenkam (wenn es ein Mann war, war er winzig klein). Er schob ein Fahrrad, auf das er etwas Schweres geladen hatte, das ihm beim Gehen sicherlich hinderlich gewesen wäre, denn sein Gang war der eines Menschen, der hinkte oder ein Hüftleiden hatte. Noch bevor ich stehengeblieben war, hörte ich ihn sagen: „Was führt Sie hierher?“ Und obwohl er ein leises Keuchen nicht unterdrücken konnte, war es die Stimme von jemandem, der vertrauensvoll einen Freund begrüßt.

Aus der Nähe hätte ich nun vielleicht feststellen können, dass mich der Mann, der mich angesprochen hatte, anlächelte, aber in der Dunkelheit konnte ich seinen Gesichtsausdruck nicht erkennen. Erst als der kleine Mann bemerkte, dass mein Blick auf dem Bündel ruhte, das an seinem Fahrrad befestigt war, fühlte er sich veranlasst, eine Erklärung abzugeben. Dabei hatte ich ihn gar nicht argwöhnisch, sondern vielmehr neugierig betrachtet: Was wohl nicht weiter verwunderlich war, wenn jemand nachts in den Feldern einen unförmigen Sack herumschleppte. Da sagte der Mann mit dem Sack zu mir, als wolle er mir die peinliche Situation ersparen, mit dem geheimnisvollen Gehabe von jemandem, der ein Geheimnis preisgibt: „Man muss den Ton im Juli stechen, sonst bekommt er Risse, wenn man ihn in die Sonne legt.“ Und etwas zögerlich fügte er hinzu: „Wenn ich ein wenig Zeit habe, fertige ich Porträtbüsten meiner Enkel an, das macht mir großen Spaß.“ Dann sprang er mit überraschender Beweglichkeit auf sein Rad und fuhr davon. Ich folgte ihm lange über die kleine Straße, die kein Ende zu nehmen schien.

Als die ersten Häuser des Dorfes auftauchten, blieb der kleine Mann stehen, stieg ab und machte zwei Schritte auf mich zu, wobei er das Rad neben sich herschob. „Ist Ihnen gar nichts aufgefallen, heute Nacht?“ Und mit dem Blick zum Himmel gewandt, fuhr er fort: „Ich habe Betelgeuse noch nie so rot gesehen. Sie ist die Hand des Riesen, haben Sie das gewusst? Alpha Orion ist zehntausendmal so hell wie die Sonne. Wenn er sich der Erde nähert, wachsen die Brennesseln, und die Tiere können nicht schlafen. – Ich auch nicht, wie Sie sehen.“

Dann wünschte er mir gute Nacht und fuhr davon.

Der Mantel

Immer, wenn ich in diese Stadt komme, habe ich das Gefühl, in die Vergangenheit zurückzukehren. Alles ist wie immer: die Luft, die Schwalben, der Duft der Linden, sogar der Geruch der Abendessen. Aber vor allem die „Bedeutung“ all dieser Dinge scheint auf wunderbare Weise anzudauern. Aber jenseits dieses Eindrucks, der gewissermaßen nichts mit dem zu tun hat, was mit den Sinnen wahrzunehmen ist, gibt es mir bei der ersten Ampel nach der kurzen Steigung, wenn sich zu meiner Linken die Platanenallee öffnet und ich zu meiner Rechten einen Augenblick lang den Ljeti-Bahnhof sehe, immer einen unbeschreiblichen Stich ins Herz, weil in mir so viel Zeit vergangen ist.

Selbst die kleinen Villen im Schatten der Platanen scheinen mich täuschen zu wollen: noch immer kokett, mit vagen Jugendstil-Anklängen, mit einem Wort, wie in einem Kurort. Die Villen hinter dem öffentlichen Park wirken ein wenig heruntergekommen, erst jene hinter dem Museumsplatz scheinen die alte Würde wiederzugewinnen, allerdings ohne die ursprüngliche Anmut. In Richtung des Sjever-Bahnhofs gibt es noch immer Wiesen, Gärten, „Schrebergärten“, und auch die Kirschbäume werden zahlreicher; und die Pfirsichbäume behaupten ihre bäuerliche Vornehmheit angesichts der exotischen Zedern und Palmen. Dennoch, das muss ich zugeben, gibt es die Stadt meiner Kindheit nicht mehr. Sie ist verlorengegangen. Und deshalb empfinde ich immer eine leise Bestürzung, wenn ich am Theater vorbeigehe oder zur Burg hinaufsteige. Ganz zu schweigen vom Gericht, das noch immer dasteht und die Geschichte meines Mantels bewahrt.

Die Reise nach Doberlak war endlos lang. Zuerst musste ich in Gornjiglav zum Bahnhof gelangen, auf der Straße, an der die Kaserne lag. Für gewöhnlich ging ich zu Fuß oder ich fuhr mit dem Rad oder, wenn ich Glück hatte, nahmen mich die Bogatin in der Kutsche mit. In Vilnograd nahm ich dann den *Rapido* nach Sokolnj, wo immer heftige Windböen über den Bahnhofsplatz fegten. Den Wartesaal betrat ich nie, denn die von dem großen Ofen ausgehende Hitze und vor allem die Menschen waren mir unerträglich. Ich wartete lieber draußen auf den Anschluss nach Mornica. Nicht zuletzt deshalb, weil ich den Eindruck hatte, dass man mir eine merkwürdige Neugier entgegenbrachte, seitdem man mir den Mantel gestohlen hatte, und es mir lästig war, auf diese Weise angesehen zu werden – obwohl in manchen Blicken auch durchaus Zärtlichkeit lag. Ich ging lieber draußen auf und ab, im Wind, unter dem Vordach.

Nachdem ich an diesem Abend zwei Stunden gewartet hatte, wobei mir schreckliche Gedanken durch den Kopf gingen, die ich noch nie jemandem anvertraut habe, wurde per Lautsprecher angekündigt, dass der Zug „einfuhr"; wie immer war es ein Eilzug mit samtbezogenen Sitzen. Von meinem Fensterplatz aus konnte ich sehen, wie die Lichter unbekannter Dörfer an mir vorbeizogen, offenbar schneller als der Zug, wenn auch in entgegengesetzter Richtung, um dann urplötzlich eine andere Richtung einzuschlagen und im Dunkel zu verschwinden. Die am weitesten entfernten Lichter waren unbeweglich wie die Sterne über den schneebedeckten Berggipfeln.

Langsam wich die Verzweiflung einem resignierten Staunen, das aufgrund des Rüttelns des Waggons und des rhythmischen Räderschlagens in eine Empfindung überging, die etwas Einhüllendes und beinahe Mütterliches an sich hatte. Ich schlief sogar ein oder hatte zumindest den Eindruck, eingeschlafen zu sein, denn als der Eilzug donnernd in einen Bahnhof einfuhr, wachte ich mit klopfendem Herzen auf. Der Zug fuhr holpernd über die Weichen und verlangsamte dann die Fahrt, bis ganz kurz die Aufschrift „Ljeti Stanica“ auftauchte, und dann noch einmal in größeren Buchstaben oberhalb des Vordaches. Aber da standen die beiden gusseisernen Säulen, auf denen es ruhte, bereits still.

Nun begann die dritte Etappe der Reise, die allerdings auch die interessanteste war, denn ich sah eine Stadt wieder, die mir immer gefallen hatte. Um von einem Bahnhof zum anderen zu gelangen, musste man sie zur Gänze durchqueren, von Süden bis Norden. Ich sah die Platanen auf der Badel-Straße wieder, den Ruzatin-Park, das Rimskij-Theater, dann die Bücherei mit dem Porträt Dantes und schließlich den überdachten Grünmarkt. Hier bog der Autobus rechts ab und fuhr über den Kràsota-Platz. Vor dem Museum mündete die Straße in einen Platz und dann führte sie in gerader Linie zu einem Viertel mit vielen Gärten, die von verrosteten Eisenzäunen umschlossen waren. Hier wurden die Lichter der kleinen Läden immer spärlicher oder schienen in geheimnisvollen Laubengängen zu verlöschen.

Wie immer blieb der Autobus vor einem zweistöckigen Gebäude stehen, das im ungewissen Licht der Straßenlaternen äußerst anonym wirkte; und wenn sich auf der Fassade nicht die Aufschrift „Sjever Stanica“ befunden hätte, die Aufschluss über seine Funktion gab, hätte man es auch für eine Kaserne oder eine aufgelassene Volksschule halten können. Aber abgesehen von der Aufschrift legte nichts die Vermutung nahe, dass es sich um einen Bahnhof handelte. Links und rechts vom Eingang befand sich sogar eine weiß getünchte Mauer, die von einer imaginären Mittellinie auszugehen schien und an ihren Rändern von der Dunkelheit verschluckt wurde, und dahinter hörte man merkwürdigerweise überhaupt kein Geräusch und entgegen allen Erwartungen spürte man auch nicht den beißenden Geruch der Kohle. Nur hinter den Gleisen – die zweifellos da sein mussten – sah man irgendetwas Riesengroßes, wie einen Berg oder eine Wolke. Hier, von diesem trostlosen Bahnhof am Stadtrand fuhren die Züge ins Plavatal ab.

Auf dieser Strecke hatten die Waggons keine samtbezogenen Sitze, und in den Abteils befanden sich auch keine Schiebetüren;

stattdessen gab es lackierte Holzbänke, die so glatt waren, dass man Mühe hatte, beim Ruckeln des Zuges ruhig sitzen zu bleiben; und obwohl die Waggons nicht unterteilt waren, sah man keinen einzigen Passagier; den Rucksäcken in den Gepäcknetzen nach zu schließen waren aber zweifellos welche eingestiegen. Ich fühlte mich im Schutz der Rückenlehne jedoch äußerst wohl; und das angenehme Gefühl, das ich aufgrund der von mir gewollten und gesuchten Abgeschirmtheit empfand, wurde noch dadurch verstärkt, dass ich ganz nah am Fenster saß und das Gesicht beinahe ans Glas drückte, als würde ich etwas beobachten, das meine Aufmerksamkeit auf sich zog. Draußen, hätte man meinen können, doch es war mein Spiegelbild, das immer wieder verschwand, weil etwas Flüchtiges und Dunkles durchschimmerte.

Eingehüllt in die Wärme, die vom Mantel meines Vaters ausging, wurde ich wieder, wie zuvor im Eilzug, von Schläfrigkeit übermannt. Aber vielleicht war es weniger Schläfrigkeit als vielmehr eine Art Verzauberung, die mich einerseits veranlasste, an das aufmunternde Lächeln meiner Mutter zu denken (und an die Ratschläge, die sie mir gegeben hatte, während sie mich küsste), und mich andererseits auf durchaus angenehme Weise zwang, im Rhythmus der Räder zu phantasieren. Auf diesem letzten Stück der Reise schlief ich jedenfalls immer ein. Nicht lange jedenfalls, oder vielleicht auch nur einige Augenblicke. Ich erinnere mich nur noch an die Stille, wenn der Zug in einem Bahnhof stand. Es war, als ob alle Passagiere ausgestiegen wären oder ebenfalls Worten lauschten, die unverständlich waren, obwohl sie geschrien wurden. Dann das Geräusch einer zugeschlagenen Tür, und der Zug setzte sich nach mehrfachem Rucken wieder in Bewegung. Und nachdem wir schweigend dahingefahren waren, wie in einem Traum, sah ich plötzlich hinter dem angelaufenen Glas des Fensters eine Betonpalisade vor mir, die im Schnee versank. Und an einigen Ausrufen und vor allem an den Gesten der Reisenden konnte man erkennen, dass wir unser Ziel erreicht hatten.

Ich zitterte so sehr – aber nicht aus Kälte, im Waggon war es sehr heiß –, dass ich mir kaum die Mantelknöpfe auf der Brust zumachen konnte; durch eine unbegründete Nervosität fühlte ich mich – wie übrigens alle anderen auch – veranlasst, mich zu beeilen. Obwohl wir alle wussten, dass der Zug nicht weiterfahren würde. Schließlich standen alle Passagiere draußen auf dem Platz, manche mit dem Rücken zu mir, als ob sie sich an einem Feuer wärmten. Erst als ich näherkam, stellte ich fest, dass das Licht von einem Bus ausging, der mit eingeschalteten Scheinwerfern dastand, obwohl sein Innenraum dunkel war. Es schien jedoch kein Grund zur Besorgnis zu bestehen, denn die Personen, die offenbar meine Reisegefährten waren, standen schweigend da, ohne auch nur das geringste Anzeichen von Ungeduld zu zeigen. Und da auf dem Platz außer meinen Mitreisenden aus dem Zug keine Menschenseele zu sehen war, war es ganz eindeutig, dass dieses Verkehrsmittel der Anschluss nach Doberlak war. Tatsächlich dauerte es nicht lange, bis ein sehr großer Mann in einer viel zu weiten Lederjacke, der einen Geruch von Zitronenwasser verströmte, wie man es in Gasthäusern bekam, aus der Dunkelheit trat. Ohne jemanden anzusehen, öffnete er die Tür des Busses und ließ den Motor an. Nachdem er ein paarmal auf das Gaspedal gestiegen war, sagte er: „Doberlak“, aber so, als ob er mit sich selbst spräche.

Im Gegensatz zu den Sitzen im Zug waren die im Bus eiskalt und schmierig. Sie wurden zwar langsam wärmer, aber die von ihnen ausgehende Wärme verursachte mir ein merkwürdiges Gefühl der Übelkeit. Ich schluckte, als ob ich einen unangenehmen Geschmack vertreiben wollte; aber als ich feststellte, dass mir deshalb so übel war, weil es nach Naphtalin stank, war es bereits zu spät. Die Ausdünstungen schienen von der Wärme des Sitzes (oder seiner Polsterung) auszugehen, aber als mir das klar wurde, übergab ich mich bereits, was niemandem auffiel. Und da sowohl mein Zustand als auch der ekelhafte Gestank den anderen völlig gleichgültig zu sein schienen, überkam mich schön langsam der Verdacht, dass es mir nur deshalb so schlecht ging, weil ich nervös war oder weil der Bus so heftig schaukelte. So hielt ich immer wieder den Atem an, in der Hoffnung, einen Augenblick Entspannung zu finden, aber die Kurven waren in der Dunkelheit nicht vorauszusehen, und bei jeder neuen überkam mich wieder heftige Übelkeit. Mir blieb nichts anderes übrig, als um Hilfe zu bitten. Doch die Fahrgäste auf den Sitzen neben mir schienen abgelenkt, sie blickten alle nach oben, als suchten sie etwas. Mir war derart übel, dass ich gar nicht begriff, dass wir am Ziel angekommen waren und sie ihr Gepäck einsammelten.

„Doberlak" konnte ich gerade noch an einer Hauswand lesen. Dann blieb der Bus mit einem Ruck stehen. Die frische Luft, die durch die geöffnete Tür ins Innere strömte, war meine Rettung. Nachdem alle ausgestiegen waren, stand ich langsam auf, torkelnd beinahe, weil mich der wunderbare Sauerstoff schwindlig machte. Und da es ein wunderbares Gefühl war, wieder gehen zu können, machte ich ein paar Schritte auf das Kràljena-Café zu, nur um zu sehen, ob ich von den Leuten, die in alle Richtungen davonliefen, jemanden erkannte. Als ich die Tür des Lokals erreichte, stand nur noch ein Mann auf dem Gehsteig. Ein Mann, der mich auf den ersten Blick an jemanden erinnerte, an einen Verwandten oder Bekannten, und zwar nicht so sehr aufgrund seines Gesichtsausdrucks – ich sah ihn ohnehin nur im Gegenlicht –, sondern aufgrund einer ganz bestimmten Haltung. Der Mann stand mit aufrechtem Oberkörper da, wie ein Soldat, eine Hand hielt er auf der Höhe des Kinns, zwischen Zeige- und Mittelfinger steckte eine brennende Zigarette, und mit der rechten, behandschuhten Hand stützte er den Ellbogen des erhobenen Arms. Und obwohl ich ihm nicht ins Gesicht schauen konnte, was mir wahrscheinlich Klarheit verschafft hätte, hatte ich, als ich ganz nahe bei ihm stand, augenblicklich das Gefühl, dass ihm alles, was rund um ihn geschah, völlig gleichgültig war. Als ob er immer schon hier gestanden hätte, ohne auf jemanden zu warten. Aber auch er schien den anderen völlig egal zu sein, denn im Inneren des Kaffeehauses ging das Licht aus und die Leuchtschrift erlosch.

Ich ließ den Mann hinter mir in der Dunkelheit stehen und machte mich auf in Richtung Muski-Internat.

Die Straße, die kaum breiter war als ein Weg, verlief am Rande einer Schlucht, auf deren Grund man Wasser rauschen hörte. Inzwischen ging ich ohne Eile durch den gefrorenen Schnee, ich blickte zum Himmel empor und fühlte mich wie neugeboren. Hinter mir lag der Vokric und vor mir, von den Tannen verdunkelt, der Krajnosar. Ich suchte am Himmel die Plejaden, und dann Aldebaran weiter im Norden, und noch weiter oben Deneb: den letzten Stern, den ich erkennen konnte.

Ich war bereits seit einer halben Stunde unterwegs und überlegte mir noch immer, wer wohl der Mann gewesen war; da sah ich am Beginn der letzten Kurve eine Glastür, in der sich Licht spiegelte. Zweifellos war es das Licht der Sterne, denn hinter der Veranda – sofern es überhaupt eine war – lag alles völlig im Dunkeln. Nur auf der linken Seite des strengen Gebäudes, hinter einem Fenster im Erdgeschoß, sah ich einen Schatten, den ich erst aus unmittelbarer Nähe als weibliche Gestalt erkannte. Es war wohl die Köchin, und an ihrem Winken und an dem, was mir wie ein Lächeln erschienen war, erkannte ich, dass sie mir den Eingang zur Küche zeigte.

Ein Mädchen aus der obersten Klasse – sie hieß Dusa – grüßte mich vom ersten Tag an mit einer derartigen Anmut, dass mir das Herz vor Freude hüpfte. „Hallo“, sagte sie. Und folgte mir lange mit dem Blick.

Das Gymnasium, das am Rande des Dorfes lag, war in einem alten Gebäude untergebracht, das früher einmal wahrscheinlich ein Bürogebäude oder eher noch eine Werkstätte gewesen war, denn in den dunklen Winkeln der Eingangshalle standen merkwürdige verrostete Maschinen – Ölpressen oder -mühlen – herum, auf denen wir unsere Kleider ablegten: einfach so, wie es uns beliebte. An Regentagen verströmten die Kleider einen süßlichen Geruch, der sich auf unangenehme Weise mit dem Parfum der Italienischlehrerin – eines ungefähr fünfzigjährigen, schlecht geschminkten Fräuleins – vermischte und alle Klassenzimmer durchzog.

Eines Morgens wurde bei Unterrichtsbeginn plötzlich die Tür zur Eingangshalle aufgerissen, und irgendjemand schrie, dass Zigeuner durchgezogen seien. Natürlich sprangen alle auf, um nachzusehen, ob ihre Mäntel noch da waren. Ich hingegen blieb unbeweglich auf meinem Platz sitzen, weil ich mir – aufgrund irgendeiner Eingebung – ganz sicher war, dass mein Mantel gestohlen worden war.

Und nachdem man mehrmals nachgesehen hatte, stellte sich heraus, dass tatsächlich nur einer fehlte: ausgerechnet der Mantel, den meine Mutter für mich genäht hatte. Über die Sache wurde natürlich geredet, und auch im Dorf wurde geklatscht. Obwohl oder gerade weil sich die Zigeuner in Luft aufgelöst hatten, wunderte man sich sehr darüber – jemand machte auch Andeutungen, dass die Frau des Schulwarts ausgerechnet in diesem Augenblick nicht dagewesen war –, dass die Zigeuner so einfach ins Schulgebäude hatten eindringen können, und nach ein paar Tagen beschloss der Amtsrichter, Zeugen zu befragen. Ich für meinen Teil betrachtete die Angelegenheit schon für erledigt, nicht zuletzt deshalb, weil der Vorfall (von mir wie im Traum mitverfolgt) mich dazu bewogen hatte, die Dinge einfach als schicksalsgegeben hinzunehmen. Aber man weiß ja, wie das Leben so spielt: An einem bestimmten Tag musste ich auf dem Amtsgericht erscheinen.

Der Richter empfing mich in seinem Büro, forderte mich auf, vor dem Schreibtisch Platz zu nehmen, und nachdem er sich auf seinen Stuhl gesetzt hatte, betrachtete er mich schweigend. Auch ich betrachtete ihn schweigend, während auf der Steintreppe, über die ich gerade heraufgekommen war, unterdrückte Hustenstöße zu hören waren, die bis zur Glastür hinter meinem Rücken drangen, allerdings so weit entfernt zu sein schienen, dass sie in dem Schweigen, das sich im Zimmer gebildet hatte, nicht wie Geräusche, sondern wie ein Hauch oder ein Windstoß wirkten, fast als ob jemand mit den Händen auf die Glastür drückte. Der Richter war blond. Er hatte glatte, nach hinten gekämmte Haare, und oberhalb der Lippen, auf denen beinahe ein Anflug von Lächeln lag, wuchsen unregelmäßige rötliche Bartstoppeln. Ich hatte mir bereits zurechtgelegt, was ich sagen wollte, und da er mich unablässig anblickte, glaubte ich, sprechen zu müssen. Aber der Richter kam mir zuvor und sagte mit einem merkwürdigen Leuchten in den Augen, dass seine Tochter Vera mich kenne und sogar schon mehrmals von mir gesprochen habe. Einen Augenblick lang spürte ich ein Gefühl der Verwunderung, wie wenn man in einer unbekannten und ungewohnten Umgebung aufwacht. Zweifellos war ich errötet, aber nun öffneten sich die Lippen des Mannes tatsächlich zu einem Lächeln, und ich sah seine strahlend weißen Zahnreihen.

Ich wüsste nicht zu sagen, ob es mir gelang zu antworten oder ob er es war, der über die Angelegenheit sprach, und auch nicht, wie lange der Richter und ich so dasaßen und uns anschauten; irgendwann nahm er jedenfalls meinen Umhang und legte ihn mir um die Schultern. „Auf Wiedersehen“, sagte er zu mir.

Ich ging die Treppe hinunter, ohne mich umzusehen. Vera – dachte ich – ausgerechnet sie ... Ihren Gruß hatte ich immer nur sehr schüchtern erwidert. Sie war sehr groß für ihr Alter und viel zu schön.

Eines Tages holte mich der Heimpräfekt vor dem Abendessen ab. Er überprüfte, ob meine Uniform in Ordnung war und führte mich ins Büro des Direktors, wobei er eine Hand auf meine Schulter legte. Der Direktor, der ein eleganter und eher kleiner Mann um die fünfzig war, betrachtete gerade einige Blätter an der Wand, offenbar die Blätter eines Kalenders. Er drehte sich zu uns um, blickte uns über den Rand der Brille an und lehnte sich an eine Ecke des Schreibtisches. Dann nahm er eine Zigarette aus einem silbernen Etui und sagte zum Präfekten: „Morgen fahren Sie nach Ljeti.“ Und aufgrund der Art und Weise, wie er mich dabei ansah, begriff ich, dass der Satz in gewisser Weise auch mir galt. Und dann wandte er sich direkt an mich und sagte in einem weniger autoritären Ton, er empfehle mir, meine Schuhe gut zu putzen. Dem Gespräch, das nun folgte, und aus dem ich definitiv ausgeschlossen war, entnahm ich, dass die Sache mit meinem Mantel noch immer nicht ausgestanden war. Aber erst viel später, kurz vor dem Zubettgehen, erklärte man mir, dass ich am nächsten Tag bei dem Prozess würde aussagen müssen, der im Gericht der Bezirkshauptstadt stattfand.

Am nächsten Tag wurde ich noch vor Tagesanbruch geweckt. Ich trug den Anzug, den ich mir am Abend davor zurechtgelegt hatte, und nachdem ich einen letzten Blick auf meine Schuhe geworfen hatte, ging ich in die Küche, wo der Präfekt gerade Kaffee trank. Ich trank meine Milch, und dann brachte uns der Koch in seinem

Lieferwagen zum Bahnhof von Svetalorna. Um sechs Uhr, den Umständen entsprechend fiel zu früh, stiegen wir in den Zug.

Der Präfekt hieß Kratovich, aber der Koch nannte ihn einfach „Herr Iwan". Er war immer sehr freundlich zu mir gewesen. Hin und wieder kam er auf mich zu und fragte mich, wie es mir in Latein ginge. Ich war nämlich mitten im Schuljahr ins Gymnasium eingetreten. Und als ich nach zwei Nachhilfestunden beschlossen hatte, allein weiterzumachen, hatte er, Kratovich, sich bereit erklärt, mir zu helfen. Deshalb fragte er mich immer, wenn er mich sah, ganz unvermittelt: „Ablativ von princeps?" Und dabei legte er mir den Zeigefinger auf die Brust. Ich war also überhaupt nicht überrascht, als Herr Iwan – nachdem er kontrolliert hatte, ob der Zug auch pünktlich abfuhr und die Uhr wieder in die Tasche gesteckt hatte – mich fragte: „Habt ihr bereits mit der vierten begonnen?" womit er natürlich die vierte Deklination meinte. Aber das sagte er nur, um mich zu beruhigen.

Als der Zug den Tunnel verließ und der Rauch sich langsam auflöste, konnte ich vom Fenster aus den Himmel sehen, der allmählich aufhellte. Aber das Licht im Waggon blieb trotzdem an, denn möglicherweise wurde der Zug gleich wieder von einem Gebirge verschluckt. Während der Zug durch einen Tunnel fuhr, drang durch unsichtbare Risse im Boden und von sonstwo her der Geruch von Kohle ein, der mir völlig neu war, obwohl ich in der Nähe der Eisenbahn aufgewachsen war. Neu, aber nur bis zu einem gewissen Grad, dachte ich, während mir langsam bewusst wurde, dass sich die klamme Stimmung, die von mir Besitz ergriff, wenn ich ins Muski-Internat zurückkehrte, hauptsächlich von Gerüchen nährte ... und von der Dunkelheit natürlich. Vielleicht deshalb empfand ich beim Anblick des gelb-rosa Himmels ein Gefühl der Erleichterung und fast der Freude.

Der Zug brauste dahin. Und allein bei dem Gedanken, dass wir in den Süden fuhren – denn ganz gewiss fuhren wir in diese Richtung – empfand ich Rührung. Obwohl die Eisenbahnkilometer, die ich zurücklegte, nur eine geographische Distanz zum Verschwinden brachten, während die geistige unverändert bestehen blieb.

Irgendwann bemerkte ich, dass der Präfekt schlief: Sein Kopf war auf die Brust gesunken, und er sah mürrisch drein, wie wenn er versuchte, streng zu wirken. Er war fast kahl, und seine spärlichen Haare verdeckten mehr schlecht als recht zwei merkwürdige Wülste auf seiner Kopfhaut. Einer rührte zweifellos von einer Druckstelle her, der andere, erhabenere schien eine Narbe zu sein, die von einer Schnittwunde zurückgeblieben war. Die Haut war zwar gerötet, runzelig und zart, wies jedoch keine Spuren einer Naht auf. Die Stirnfalten hingegen, die ziemlich deutlich zu sehen waren, verliefen nicht parallel, sondern kreuzten sich auf merkwürdige Weise. Vor allem die untersten Falten wirkten wie die Verlängerung einer tiefen Furche, die von der zerknitterten Stelle zwischen den beiden Augen ausging und dem Gesicht den Ausdruck von Nachdenklichkeit verlieh. Die Nase war normal und schön gebogen, während der Mund überraschend unregelmäßig war. Rillen oder Schnitte durchzogen nämlich die Oberlippe, die am Ansatz der Nasenflügel zusammenliefen und auf diese Weise zwei winzige längliche Erhebungen bildeten.

Ich war derart versunken in die Betrachtung dieser Faltenlandschaft, dass mir gar nicht aufgefallen war, dass Kratovich die Augen geöffnet hatte. Die Pupillen unter den Augengläsern leuchteten in einem bräunlichen Grün, aber obwohl sie aufgrund der Kurzsichtigkeit geweitet waren, war es, als ob sie vom Schatten der Brillenfassung verdunkelt würden. „Eigentlich müssten wir schon da sein“, sagte Herr Iwan wie zu sich selbst. Aber um einen Halbton zu hoch, wie jemand, der noch schlaftrunken ist, aber beweisen will, hellwach zu sein. Und indem er die Uhr eine Handbreit vor die Augen hielt, fügte er hinzu: „Nur noch ein paar Minuten.“

Durch das Fenster drang eine Helligkeit, die von Augenblick zu Augenblick intensiver wurde, obwohl den Himmel, der im Morgengrauen glasklar gewesen war, nun Wolken bedeckten.

Als der Zug stehenblieb, war es endgültig Tag geworden. Allerdings war der Sjever-Bahnhof in Ljeti bei Tageslicht kaum wiederzuerkennen. Der Wartesaal erschien mir viel kleiner und weniger düster, als ich ihn in Erinnerung hatte. Ich erforschte ihn gerade in allen Details, als Kratovich, der ein paar Minuten hinausgegangen war, wieder zurückkam; er kam quer durch den Saal und kramte dabei in der Gesäßtasche seiner Hose.

Als wir auf den Vorplatz hinaustraten, war der Autobus drauf und dran abzufahren.

Meine Aufregung hatte sich nicht gelegt, sondern war sogar noch schlimmer geworden; und die Fröhlichkeit, die mit ihr einhergegangen war, wurde von einer leisen Unruhe abgelöst. Ja, die Tatsache, dass ich aussagen musste, beunruhigte mich. „Was soll ich dem Richter sagen, wo ich doch gar nichts gesehen habe? Außerdem habe ich meinen Mantel nicht einmal gesucht. Er ist mir gestohlen worden und aus. Was soll ich dem noch hinzufügen?“ Das waren meine Gedanken, während ich meinen Umhang betrachtete. Er war zwar zu lang für mich, hielt aber schön warm. Und unter den Aufschlägen sah man auch nicht, dass die Knopflöcher ausgefranst waren.

Kratovich erriet mit seinen kurzsichtigen Augen gewiss alle meine Gedanken.

Bei der vierten Haltestelle stiegen wir aus. Wir waren viel zu früh dran. Und so begaben wir uns nicht zum Gericht, sondern gingen über die Straße, die von dem großen Platz, an dem wir ausgestiegen war, nach rechts abzweigte, bis wir direkt vor dem überdachten Grünmarkt standen. Kratovich, den die Geschäfte, die hier getätigt wurden, gewiss mehr interessierten als mich, begann mit der Miene eines Eichmeisters die Preise zu kontrollieren. Als er genug gesehen hatte, forderte er mich mit einer Geste auf, ihm in einen kleinen Park zu folgen, der sich neben dem Markt befand, holte ein Messer aus der Tasche und begann mit höchster Präzision eine Orange zu schälen. Er nahm einen Schnitz und steckte ihn in den Mund. Dann reichte er mir die restliche Orange und sagte: „Koste mal.“ Aber dann überlegte er es sich anders und schnitt die Orange so auf, dass sich die Schnitze zwar leicht, aber nicht von selbst voneinander lösten, und gab sie mir zurück. „Du wirst sehen, wie gut sie ist“, fügte er hinzu. Dann wischte er sich mit dem Taschentuch sorgfältig die Hände ab.

Pünktlich um neun waren wir am Gericht, das sich in einem riesigen Gebäude mit einer kupfernen Kuppel befand, und das man für eine Kirche hätte halten können, wenn links und rechts neben dem Eingang nicht eine Wache gestanden hätte. Auf der Treppe standen noch mehr davon, die gerade ihre Schirmkappe zurechtrückten.

Auf dem langen Gang, über den wir dann gingen, wimmelte es von Leuten, die geschäftig hin und her liefen, eines der vielen Zimmer betraten, sorgfältig die Türe schlossen und dann nach ein paar Minuten wieder herauskamen und Personen ansprachen, die an den Wänden lehnten – mit Gesten, die wie eine Aufforderung wirkten, sich zu beeilen, es aber offenbar nicht waren, denn die, denen sie galten, machten überhaupt keine Anstalten, sich in Bewegung zu setzen. Andere wiederum machten zuerst ein paar Schritte nach rechts und links und richteten dann den Blick auf jemanden, der meinen Blicken verborgen war.

Kratovich forderte mich auf, mich auf die einzige Bank auf dem Gang zu setzen und begann dann, aber ebenfalls sehr zögerlich, die Blätter zu lesen, die mit Reißzwecken am schwarzen Brett gegenüber befestigt waren, und nachdem er seine Brille wieder aufgesetzt hatte, ging er auf und ab, jedoch so unentschlossen wie jemand, der nicht weiß, wohin. Ich folgte ihm mit dem Blick, aber hin und wieder verlor ich ihn aus den Augen, weil jemand vor ihm ging oder ebenfalls stehenblieb, um etwas zu lesen. Ich hörte erst auf, ihm mit dem Blick zu folgen, als mir plötzlich ein ranziger Geruch in die Nase stieg, wie man ihn oft in der Kirche bei der ersten Morgenmesse riecht. Ich konnte mir nicht erklären, woher er kam, denn neben mir saß niemand. Ich schnupperte an meinem Umhang. Er roch nach Schwefel. Und da der Gang mittlerweile völlig menschenleer war, beschloss ich aufzustehen, um nachzusehen, ob zufälligerweise links neben mir eine Tür aufgegangen war ... und stand plötzlich einer Frau mit eingefallenem Gesicht gegenüber, die mich wahrscheinlich genauso verwundert anblickte wie ich sie. Sie stand etwas gebeugt und hatte einen braunen Mantel eng um sich gezogen, dessen Kragen riesengroß war und herabhing wie die Ohren eines Hundes. Es war Fillj, die Frau des Schulwartes.

Als ich den Parkettboden knarren hörte, drehte ich mich um und sah, dass Kratovich mich mit einem Winken aufforderte, zu ihm zu kommen. Die Gerichtsverhandlung hatte wohl schon begonnen, denn er führte mich in einen Raum, wo die wenigen Anwesenden, die alle standen oder an einem Geländer lehnten, mich fragend ansahen. Aber genau in diesem Moment traten die Richter durch eine Tapetentür. Das Publikum stand auf und setzte sich erst wieder, als der Mann im Talar, der der wichtigste von den dreien zu sein schien, ebenfalls Platz genommen hatte; nur die drei oder vier Personen, die direkt neben mir und Kratovich, der hinter mir saß, an der Wand lehnten, blieben stehen. Nach einigen Augenblicken traten die Anwesenden zur Seite, um einen Gendarmen mit zwei Männern und einer Frau durchzulassen. Die vier durchquerten das Zimmer, hielten dann einen Augenblick wie unentschlossen inne und nahmen schließlich Platz. Aber nur die Männer und die Frau, denn der Gendarm blieb neben ihnen stehen. Und während einer der Richter mit lauter Stimme etwas vorzulesen begann, beugte sich Kratovich so weit vor, dass er fast mein Ohr berührte, und flüsterte mir zu: „Das sind die Zigeuner."

Auf diese Weise stellte ich fest, dass Iwans Atem nach Grappa roch.

Abend für Abend ging ich mit meinem Vater in das Wirtshaus, das nur ein paar Schritte von unserem Haus entfernt war. Es war nicht mehr als ein allabendliches Ritual, nicht zuletzt, weil wir mit dem Wirt befreundet waren. Das Wirtshaus war immer leer. Im Winter war es kalt, und neben dem Kamin hatten nur drei oder vier Gäste Platz. Also eigentlich nur wir. Irgendwann zog der Wirt ein gebogenes Messer aus der Tasche und schälte sorgfältig einen Apfel, und nachdem er die Schale auf die Platte des Sparherds gelegt hatte, teilte er ihn in vier Schnitze: zwei für mich, einen für meinen Vater und einen für sich. Danach spielten wir Dame. Hin und wieder, aber sehr selten, kam ein alter Mann auf ein Glas vorbei, dessen Oberlippe genauso zerklüftet war wie die Kratovichs. Allerdings hatte der Mann, wie es hieß, eine Hasenscharte. Außerdem hatte er ganz kurz geschnittene weiße Haare. Und er erzählte, dass er nach dem Krieg über Japan aus Russland zurückgekehrt war. Wenn ich einschlief, legte mir mein Vater seine Jacke um die Schultern und trug mich ins Bett.

Im Sommer hielt dieses Wirtshaus jedoch unglaubliche Genüsse für mich bereit. Während sich die wenigen Gäste (immer dieselben) am Abend auf den Gehsteig setzten, um die kühle Luft zu genießen, erforschte ich (im wahrsten Sinne des Wortes) den Hof, der zwischen dem Wirtshaus und den Eisenbahngleisen lag. Hier entdeckte ich die unglaublichsten Dinge: Grabsteine, Pferde und natürlich Kutschen. Kutschen für jeden Anlass und für jede Jahreszeit; eine davon stand immer mit polierten Scheinwerfern bereit, um angesehene Reisende vom Bahnhof abzuholen. Der Wirt hatte nämlich noch zwei weitere Berufe: Er war Kutscher und – was allerdings niemand wusste – Steinmetz.

Aber der Hof wurde nicht nur von den Gleisen, sondern auch von einer Garage begrenzt, die auf der Vorderseite mit einem Brett aus Tannenholz verriegelt war. Hier, wo mich niemand sehen konnte, streckte ich mich in dem vom Ledergeruch gesättigten Halbdunkel auf den Sitzen der Kutschen aus und träumte; während nicht weit davon entfernt die Pferde auf dem Steinpflaster scharrten. Ich sah immer zu, wenn sie gestriegelt wurden. Sie standen in einem großen, in der Mitte unterteilten Schuppen. Auf der einen Seite befanden sich die Pferde, und auf der anderen, die an den Garten meines Vaters grenzte, lag jede Menge Gerümpel herum. Das Faszinierendste an diesem Chaos – in dem mich alles Mögliche interessierte – waren zwei intakte Grabsteine mit emaillierten Fotos darauf, die absurderweise inmitten der scharrenden Hühner dastanden. Die Grabsteine sahen aus, als hätten sie irgendeinen Mangel oder als ob sie Musterexemplare für einen potenziellen Auftraggeber wären. Auf einem der Fotos war ein Kind auf einem Fell zu sehen, auf dem anderen ein Soldat mit großen aufgerissenen Augen.

Neben dem Stall befand sich auch ein Brunnen, aus dem immer eiskaltes Wasser sprudelte. Und hier – irgendwann muss ich es ja gestehen – beging ich die Sünden, die ich mir nicht einmal am Tag der Erstkommunion zu beichten getraute.

Am Grunde des Beckens, unter dem Wasserstrahl, lagen nämlich die Limonaden. Untertags sah ich oft die eisblauen Fläschchen, wagte jedoch nicht, sie zu berühren. Nachts träumte ich von ihnen, und wenn ich aufwachte, wurde ich den Gedanken an sie nicht mehr los. Dabei ging es mir gar nicht um die Limonade, die ich freiwillig gar nicht getrunken hätte – wie man so schön sagt –, sondern um die glitzernde Glaskugel, die als Verschluss diente. ... Das ist die Wahrheit. Den Grund für diese perverse Faszination habe ich mir nie erklären können. Aber wahrscheinlich hätte mir ohnehin niemand geglaubt, auch wenn ich sie gebeichtet hätte. Erst jetzt kann ich davon sprechen: Die Kugeln, die es im Papiergeschäft zu kaufen gab, waren gewiss schöner – sie hatten wunderbare bunte Streifen – aber die von den Limonandenflaschen (keine Ahnung, warum ich jetzt lachen muss ...) hatten einen ganz anderen „Geschmack".

Plötzlich hörte ich, wie jemand ganz deutlich meinen Namen aussprach ... Ich fürchtete schon, dass mich der Wirt entdeckt hatte ... Aber ein leichter Schubs machte meinem Traum ein Ende. Wahrscheinlich hatte ich einen merkwürdigen Gesichtsausdruck. Vielleicht war ich blass, denn die Person, die mich holte, lächelte mich an, was schlecht zum Ausdruck ihrer Augen passte.

Als ich allein vor dem Richter stand, fühlte ich mich völlig verloren. Oder besser gesagt wie betäubt. Ohne dass ich hätte sagen können, von welchen Stimmen oder Geräuschen, denn im Gerichtssaal war es so leise, dass ich glaubte, die Stimme Gottes zu hören, als der Mann im Talar irgendetwas wie „Los, komm näher", sagte.

„Schau", fügte der Richter hinzu, „erkennst du ihn wieder?" Erst jetzt bermerkte ich, dass auf dem Tisch vor mir Stoffstücke lagen, die alle unterschiedliche Formen, aber dieselbe Farbe hatten. Ich starrte die Stoffstücke an, ohne zu begreifen, was man von mir wollte.

Nach einer Weile hob ich den Blick und sah in die Augen des Richters, der mich verhörte. „Also, erkennst du ihn wieder oder nicht?", hörte ich ihn mit ärgerlicher Stimme sagen. „Ist das dein Mantel? Ja oder nein?"

Das Fieber

Abend für Abend, wenn das Zimmer sich mit goldenem Licht füllte und die Geräusche draußen alle verloschen waren, spürte ich es herannahen wie einen warmen Hauch auf dem Gesicht. Da suchte ich mit der Hand vorsichtig das Thermometer, das auf dem Stuhl neben mir lag. Es war der fünfte Tag. Angeblich musste man sich erst ab dem dritten Tag Sorgen machen. Das hatte der Arzt zu meiner Mutter gesagt, als er wieder einmal gekommen war, um mich wegen Halsweh zu untersuchen. Ich schluckte einmal, zweimal ... Mit Daumen und Zeigefinger betastete er meine Speicheldrüsen. Sie entzündeten sich stets schnell. Schon wegen eines einfachen Schnupfens. Aber diesmal war alles in Ordnung. Wenn da nicht Abend für Abend dieses trockene, papierene Fieber gewesen wäre ... ich steckte das Thermometer unter die Achsel und spürte einen Augenblick lang das kühle Glas, das zu schmelzen schien wie ein Eiswürfel. Ich schloss die Augen und wartete. Allmählich stellte ich fest, dass die Stille nicht so absolut war, wie ich gedacht hatte. Ich vernahm ein unbestimmtes, fernes, gleichmäßiges Rauschen. Ich dachte, wenn ich unvermutet in diesem Zimmer aufgewacht wäre, ohne je zuvor hiergewesen zu sein, hätte ich mir das Meer vorgestellt, die Brandung oder einen Pappelwald, wenn der Wind durch die Blätter streicht. Oder das Quietschen von Reifen auf dem Asphalt oder das Zischen der Tankwagen ... Oder auch einen Zug. Sicher, es konnte durchaus sein, dass um diese Zeit ein Güterzug die Eisenbrücke über den Isonzo querte.

Ich spürte, wie, vom Haaransatz hinter dem rechten Ohr ausgehend, etwas ganz langsam über meine Haut lief, beinahe kroch; es hielt einen Augenblick inne, dann lief es leicht schräg über den Hals. Die Hand schnellte los. Mit Widerwillen. Es war ein Schweißtropfen ... Da fiel mir das Thermometer ein, das ich im Augenblick gar nicht mehr spürte, als ob es sich verflüssigt hätte ... Ich fragte mich schon ... aber dann fand ich es. Ich drehte mich auf die rechte Seite und hielt es in die Höhe vor einen Schlitz im Fensterladen, durch den ein letzter Lichtstrahl drang. Einen Augenblick lang leuchtete die Zahl 37 auf. Zwei- oder dreimal tauchte die graue Säule auf und verschwand wieder. Oberhalb des roten Strichs, daran bestand kein Zweifel. Ich ließ den schmerzenden Arm sinken.

Die Brandung wurde lauter. Oder der Güterzug, der näher kam. Und die Tankwagen ... Oder vielleicht war es nur ein Wasserstrahl. Das Rauschen in den Ohren wurde allerdings immer stärker. Ich konnte mich gar nicht mehr erinnern, wann ich das letzte Mal Fieber gehabt hatte. So ein dummes, unbedeutendes Fieber. Unbedeutend, aber hinterhältig. Dabei war ich als Kind einmal richtig krank gewesen. Aber vielleicht war es übertrieben, von Krankheit zu sprechen. Obwohl es mir sehr schlecht ging ...

Der Ältere kniete beinahe, ohne dabei den Boden zu berühren; vielleicht war er gerade dabei aufzustehen, wie ein Hirte bei der Anbetung des Jesukindes. Der andere hingegen, der jüngere, war viel größer, beinahe ein Riese, nicht zuletzt deshalb, weil er die Arme erhoben hatte. Und beide hatten den Mund weit aufgerissen. Völlig ausgeleuchtet von der Sonne und eingerahmt von einem Holzgitter, tauchten sie aus dem schwarzen Schatten eines Hofes auf. Meine Mutter kniete vor mir, im Staub. „Dispeada la viola par dut il mond a rit." (Geöffnet lacht das Veilchen auf der ganzen Welt.) Ihre Nägel waren violett. „Na greva viola viva a savariea." (Ein schweres lebendiges Veilchen redet Wahn.) Hinter dem, der las, lag der gelbe Mais zum Trocknen auf dem Boden. Er las mit leiser Stimme und hatte vorspringende Jochbeine. Ich stand ihm gegenüber im Viereck einer Tür. Durch die Zimmer wehte ein kühler Luftzug ...

Jetzt lag ich, und irgendjemand hielt mich auf den Knien. Rundherum war alles weiß. Ich sah nur weiß. Aber nur bis zu einem gewissen Augenblick, denn langsam begann ein kleiner erdbeerroter Fleck meine Aufmerksamkeit auf sich zu ziehen. Jedes Mal, wenn ich die Augen öffnete, war der erdbeerrote Fleck wieder ein Stück größer geworden. Er eroberte zunehmend das Weiß. Und am Ende war alles wie ein Sonnenuntergang.

Zuerst hörte das Knirschen der Räder auf dem Kies auf, dann schlug eine Wagentür zu, und dann zog alles an mir vorbei wie bei einer raschen Kamerafahrt: das Becken mit den Goldfischen, der Neger, der sich beim Gehen auf ein Holzgestell stützte, noch ein Rosenbeet, und dann, nach dem dunklen Gang, war es sofort aus. Hin und wieder ein Lichtschein, gewiss. Der Gang war lang. Ein Gesicht. Dann noch zwei. „Na viola a vif bessola ...“ (Ein Veilchen lebt alleine ...), las er im Viereck der Tür, und ein leichter Luftzug strich über den Mais und den weißen Verputz. Ringsherum waren alle weiß gekleidet. Und über mir, hoch oben, weit wie der Himmel, sah die leuchtende fatettierte Lampe aus wie ein riesiger Bienenstock. Man sagte zu mir, ich solle bis zwanzig zählen. Dann raubte mir eine honigfarbene Hand den Atem. „Na greva viola viva a savariea ...“ Es war sechs Uhr und ein Kind sang auf dem Damm. Draußen vor dem Bahnhof wartete der Mann aus der Krippe auf mich. Mit einer Peitsche in der Hand sah er mich an. Vorsichtig setzte man mich neben ihn auf den Kutschbock. Das Pferd setzte sich in Bewegung.

Zu Hause wartete mein Vater auf mich. Er stand unten im Hof, mit einem entfernten Cousin. Die beiden begrüßten mich lächelnd; aber alles, was mir von dieser Begegnung (die an einem Augusttag bei Sonnenuntergang stattfand) in Erinnerung geblieben ist, sind ihre Augen. Mein Cousin arbeitete als Bäckergeselle. Ich besuchte ihn oft, wenn er an Winterabenden den Brotteig säuerte. Die Backstube duftete, sie war warm und einladend wie eine Mutter. Am Sonntag gingen wir alle zu ihm, um Lotto zu spielen, und ich markierte die Zahlen mit Maiskörnern. Mein Cousin war Bäcker geworden, weil er keine Schulbildung hatte, er war aber sehr tüchtig. Er baute die Wasserflugzeuge, mit denen Balbo den Atlantik überquert hatte, in

Modellformat nach. Sie waren so fein gearbeitet, dass sie wie echt aussahen. Für mich war es das reine Vergnügen, ihn zu Hause zu besuchen, vor allem im Herbst, wenn es früh dunkel wurde und die Bauern mit Bottichen voll Weintrauben heimkehrten. Von meinem Elternhaus aus musste ich nur gute hundert Meter gehen, um zu dem Dorfteil zu gelangen, in dem der junge Bäcker mit seiner Schwester und seinen Eltern wohnte. Ihr Haus hatte eine ganz schmale Fassade, und die drei übereinander liegenden Stockwerke waren durch eine Holztreppe verbunden, auf der man auch zu der riesigen Mansarde gelangte, wo er, mit einem kleinen Detektorenempfänger neben sich, schlief. Ich ging gern in dieses Viertel, das aus kleinen Häusern, Schuppen, nach Heu duftenden Lauben und Ställen bestand, in denen die Kühe hin und wieder an den Ketten rissen, nicht zuletzt, weil dort am Abend auch ein Schuster arbeitete, in einem kleinen Kämmerchen, das bis zur Decke mit den merkwürdigsten Dingen vollgestopft war. Er arbeitete nur abends bei Kerzenlicht, denn untertags lieferte er seinen Kunden Schuhe oder saß selig lächelnd im Wirtshaus. Er hieß Cheo und er besaß eine Amsel, die „Giovinezza" sang. Ich klopfte an seine Glastüre und stellte mir dabei vor, er würde auf mich warten, aber er hob nicht einmal den Kopf. Er nickte bloß in Richtung eines Hockers mit geflochtener Sitzfläche. Hin und wieder warf er mir unter der Brille einen Blick zu. Schweigend.

Ich war fasziniert von den „Füßlingen" aus Eisen, die der Mann auf seinen Knien hielt oder die ringsherum auf dem Boden lagen. Sie sahen aus wie die vielen Füße eines riesigen Insekts oder eines Marsmenschen. Cheo berührte sie ganz leicht, er polierte sie beinahe mit seiner rauen, schwieligen Hand. Er steckte einen Schuh darauf, drehte ihn um und schabte ihn mit einem Kratzeisen ab, und nachdem er die Sohle flachgedrückt hatte, nagelte er auf das Loch in der Mitte einen Lederflicken, den er mit ein paar kleinen Nägeln fixierte, und dann glättete er mit einem äußerst scharfen Messer die Ränder. Pause. Unter der Brille warf er mir einen Blick zu. Nach wie vor schweigend.

Wahrscheinlich hielt er mich für ein außergewöhnliches Kind. Er wusste so viele Dinge von mir, dass er offensichtlich gar nicht mehr wissen wollte. Wenn die Nägel durch die Sohle hindurch auf den Eisenfuß schlugen, stieß die Amsel einen Fluch aus. Knapp und deutlich, und so inbrünstig wie ein guter Christ. Cheo brachte sie zum Schweigen, worauf sie „Giovinezza" anstimmte. In dem Kämmerchen roch es derart stark nach Leim, dass ich hinterher nicht abstreiten konnte, dort gewesen zu sein.

Ganz in der Nähe von Cheos Werkstatt befand sich ein großer Platz, der von der Straße durch drei große Maulbeerbäume getrennt war, und dort traf ich am Abend oft zwei junge Männer, die genauso alt waren wie mein Cousin. Sie unterhielten sich immer ganz leise, aber ohne einander anzusehen oder zuzuhören, als wären sie ganz alleine hier und würden den Himmel betrachten. Auch sie kannten mich, einer war sogar der ältere Bruder eines meiner Spielkameraden, dessen Vater wohl schon seit einiger Zeit tot war, denn wenn ich ihn zu Hause besuchte, war er nie da.

Mein Spielgefährte wohnte nur ein paar Schritte von Cheo entfernt, und die Innenhöfe ihrer Häuser, die ineinander verschachtelt waren und deren Grenze nicht genau zu bestimmen war, bildeten miteinander ein winziges und chaotisches „chinesisches Viertel". Inmitten von Klomuscheln, Waschtrögen, Haufen unnützer und verrosteter Dinge, standen hier im Schutz einiger metallener Rollbalken auch ein paar Kaninchenkäfige.

Ich war zwei- oder dreimal dort gewesen, immer in der Abenddämmerung, wenn die Mutter meines Freundes gerade Polenta auf dem Herd zubereitete; mit einer Hand hielt sie den Kupferkessel und mit der anderen rührte sie energisch um. Nur hin und wieder, wenn sie eine Pause machte, ragte das Reisigbündel unter dem Feuerbock des glühenden Eisens hervor. Im Raum gab es keine andere Lichtquelle als die des flackernden Feuers, über die Wände zuckte der riesige Schatten der Frau. Die Witwe – sie war ganz bestimmt eine – richtete nur selten ein Wort an mich, und so erinnere ich mich nur an ihre Gesten und an die verstohlenen und zärtlichen Blicke, die sie mir hin und wieder zuwarf. „Sie sieht dich so an, weil du so wunderschöne Augen hast", erklärten mir die Mädchen, die meiner Mutter beim Nähen halfen.

Eines dieser Mädchen, das immer freundlich lächelte, musste auf mich aufpassen, wenn meine Mutter zu einer „Anprobe" ging. Natürlich spielten wir, und ich ließ mich von ihr streicheln, drücken, quälen. Zum Spaß natürlich, denn sie war kaum älter als ein Kind. Sie war in dem besonderen Alter, in dem man unbekannte Gefühle, wenn nicht gar dunkle Begierden mit der Sprache des Spiels zum Ausdruck bringt. Und spielerisch heftete ich den Blick auf ihre kleinen Brüste, die sich unter der Bluse abzeichneten, die – in vielleicht unschuldiger – Koketterie leicht offenstand. In diesem „Reich der Frauen" schloss ich mit Dingen Bekanntschaft, die anderen Kindern auf immer verborgen bleiben. Mit Märchen vor allem, „echten" Märchen, die die Mädchen von ihren älteren Brüdern gehört hatten, die bereits etwas gewitzter, aber trotzdem noch unschuldig waren. In diesen Märchen, die eigentlich Stammesmythen waren, da sie von einer kollektiven Phantasie gespeist wurden, ging es vor allem um Initiationsriten. Und jedes dieser Märchen hatte natürlich eine spielerische und manchmal auch frivole, wiewohl harmlose Seite. Oft ging es dabei um Begräbnisse, denn wenn sich die Leute bei einer Totenwache oder einem Leichenschmaus trafen, sprachen sie einander Mut zu, um die Angst vor dem Tod zu vertreiben.

„Nach dem Begräbnis gingen alle zu dem armen Mann hin, der aufgrund eines unglaublichen Unglücks Witwer geworden war, und umarmten ihn. Seine Frau, die sich um die Tiere im Stall kümmerte, hatte sich wohl ein wenig zu sehr dem Esel genähert oder ihn an einer heiklen Stelle berührt, oder vielleicht war sie dem ‚Vieh' einfach nicht sehr sympathisch gewesen. Es hatte ihr nämlich schnell wie der Blitz einen Hufschlag ins Gesicht verpasst. Die Ärmste war gestorben, ohne noch ein Wort sagen zu können. Aber das Merkwürdigste daran", sagte der Erzähler mit betrübter Stimme, „war, dass alle Männer, die den Witwer mit einer Umarmung trösten wollten, kurz innehielten, um ihm etwas ins Ohr zu flüstern. Das war etwas ganz Außergwöhnliches in unserer Gegend, denn hier küsst oder umarmt sich niemand. Und als sie nach Hause gegangen waren, um ein Glas zu trinken, beschloss einer der besten Freunde des Mannes, der sich über das merkwürdige Ritual gewundert hatte, ihn um eine Erklärung zu bitten. ‚Alle wollten wissen, wie ich dem Esel beigebracht habe, so gut zu zielen‘, antwortete der Witwer.“ Ein paar der Männer seien vor Lachen gestorben, bemerkte der Erzähler zum Schluss. Und die Frauen, die sich verpflichtet fühlten, solidarisch zu sein, hätten insgeheim gekichert und allen, die es wagten, mit dem Entsetzen Scherz zu treiben, gespielt verächtliche Blicke zugeworfen.

Die Mädchen amüsierten sich sehr, wenn sie solche Märchen erzählten; es bereitete ihnen allerdings auch eine unschuldig perverse Lust, in meinen Augen den Anflug von Verstörung zu sehen. Kein Wunder also, dass Rotkäppchen und Däumling, von Schneeweißchen ganz zu schweigen, für mich so langweilig geworden waren, dass sie meine Phantasie beziehungsweise mein Bedürfnis nach Realität überhaupt nicht mehr zu befriedigen vermochten.

Vielleicht war das der Grund, warum mein Cousin, der Bäcker, an Winterabenden, wenn sich die ganze Verwandtschaft rund um den offenen Backofen versammelte, in dem ein paar Reisigbündel mehr als sonst brannten, Dinge erzählte, die „wirklich“ passiert waren. Die ihm selbst passiert waren, wie er sagte.

Und er erzählte ...

„An einem traurigen und nebeligen Novemberabend, als ich vom Brackwasser nach Hause ging, nahm ich die Abkürzung, die am Friedhof vorbeiführt. Plötzlich hörte ich, wie mich jemand beim Namen rief. Um diese Zeit war keine Menschenseele zu sehen, vielleicht hatte sich jemand hinter den Zypressen oder hinter der Friedhofsmauer versteckt, doch das Tor war, wie jede Nacht, versperrt. Ich muss gestehen, dass ich mir auch überlegte, ob mir jemand einen Streich spielte, und deshalb ging ich einfach weiter. Aber die Stimme ließ sich immer wieder hören. Merkwürdigerweise war es eine Frauenstimme. ‚Berühr mich doch‘, sagte sie, ‚berühr mich doch, wenn du dich traust‘, oder irgendetwas in der Art. Die Worte waren jedoch undeutlich, als ob sie weinte. Einen Augenblick lang blieb ich unentschlossen stehen, dann sah ich, dass sich auf der Friedhofsmauer, zwischen zwei Zypressen, etwas bewegte, und zum Glück erkannte ich sofort, dass es eine Katze war. Eine läufige Katze, dachte ich. Und in der Überzeugung, das Rätsel gelöst zu haben, ging ich zur Wasserpumpe neben dem Tor, um einen Schluck zu trinken. Ich warf einen Blick auf die Gräber, und als ich mich umdrehte, wischte ich mir den Mund mit dem Handrücken ab. In genau diesem Augenblick war die Stimme wieder zu hören, aus allernächster Nähe und ganz deutlich diesmal: ‚Berühr mich doch, wenn du dich traust.'“

Alle schwiegen, und die Frauen dachten natürlich sofort, dass es sich um eine gepeinigte Seele handelte, aber mein Cousin schwor, dass absolut kein Zweifel bestand: Die Katze hatte gesprochen. Mich hatte die Geschichte sehr verstört, aber ich hatte dabei auch insgeheim eine Befriedigung empfunden. Ich hatte, wenn auch auf sehr undeutliche Art und Weise verstanden, dass ich an den Märchen nur das als schrecklich und beunruhigend empfand, was in einem gewissen Bezug zur Realität stand. Und aufgrund eines geheimnisvollen Instinkts des Erzählers kamen die Märchen deshalb manchmal in Gestalt eines Erlebnisberichts daher.

Als ich am Abend heimlich den Mädchen folgte, die zum Bahnhof gingen, wollte ich ihnen – um sie zu ärgern oder aus Eifersucht – einen Schrecken einjagen, indem ich die raue Stimme der Katze nachahmte. Aber sie drehten den Spieß um und neckten mich ihrerseits. „Berühr mich doch“, sagten sie zu mir, „berühr mich doch, wenn du dich traust.“

Und dann verschwanden sie lachend in der Dunkelheit.

Der Brief

Wenn die Sonne nicht scheint, ist der Tag für mich so gut wie verloren. Nicht völlig natürlich, aber der Enthusiasmus, der Schwung, den ich brauche, um mich in die Arbeit zu stürzen, ist in gewisser Weise gebrochen. Ich mache mich zwar dennoch an mein Tagwerk, aber nur, indem ich mich in Gedanken an irgendwelche freudige Ereignisse klammere.

Und an diesem Vormittag schien keine Sonne. Als ich im Dunkel meiner Erinnerung nach irgendetwas Freudigem kramte, erinnerte ich mich, dass ich um neun Uhr in Treviso sein musste. Ich blickte auf die Uhr. Es war zehn vor sieben. „Sehr spät", dachte ich. Sofort sprang ich aus dem Bett, mit den üblichen brüsken Bewegungen. Es regnete. Es fielen unsichtbare Tropfen, die weder auf der dunklen Masse der Zypressen Spuren hinterließen noch auf die Dachziegel prasselten; auch in der Dachrinne war nichts zu hören, aber irgendetwas kroch (oder lief hinterhältigerweise) über sie, um sich dann in das gusseiserne Rohr zu stürzen, an dessen unterem Ende irgendein anderes unbekanntes, bewegliches, gespaltenes oder dem Luftzug ausgesetztes Teil auf eine Weise vibrierte, das wie Hupen klang.

Ich erinnere mich nicht mehr, woran ich dachte, während ich mich fertig anzog. Ich war in Gedanken versunken wie jemand, der das Gefühl hat, etwas vergessen zu haben. Man weiß zwar, dass man sich an – sagen wir mal – zwei oder drei Dinge erinnern sollte, aber eines davon ist einem völlig entfallen. Oder wie jemand, der das ungewisse Gefühl hat, einen Besuch zu erwarten, aber nicht weiß, von wem, und deshalb bleibt er einfach sitzen und betrachtet wie abwesend eines der vielen Dinge vor sich: den Schuhlöffel, das Telefon, einen halben Schweizer Franken, ein Indianeramulett. Wie ich in diesem Augenblick – überzeugt davon, dass mir etwas entfallen war oder dass dieser merkwürdige Zustand der Verzauberung daher rührte, unbegründeterweise auf irgendjemanden zu warten. Hätte ich mir einen Ruck gegeben, wäre ich allerdings draufgekommen, dass es sich einfach um einen irrationalen Zustand des Wartens handelte. Aber worauf? Auf die Sonne natürlich ...

Ohne den Grund dafür zu kennen, wusste ich intuitiv, dass ich in den ersten Jännertagen (die in gleicher Weise wie der Morgen ein „Anfang" waren, das Dreikönigsfest lag erst drei Tage zurück) in der Früh immer Magenkrämpfe bekam. Um sich ohne die Sonne und das Blau des Himmels in Bewegung zu setzen, muss man entweder ein Held oder ein Fanatiker sein. Das waren meine Gedanken. Zum Glück weiß man aus Erfahrung, dass uns das Leben mitreißt und alles wieder seinen gewohnten Rhythmus bekommt. Sogar das Herz, auch wenn man wie ich einen etwas niederigen Blutdruck hat.

An diesem Tag war jedoch auch der Luftdruck etwas niedrig, denn die Wolken, die an ihrem vorderen Ende milchig weiß waren und hellbau am Horizont, wie die Wolken bei einem Sommergewitter, zogen aus südöstlicher Richtung auf: vom griechischen Meer, von Kreta, vielleicht sogar vom Sinai. Oder vielleicht sogar vom Viktoriasee, in dem unzählige Vögel fischten, wo die Luft um diese Zeit flimmerte vor Hitze.

Ich stieg die Treppe hinunter, verabschiedete mich von meiner Mutter und ging mit dem Mantel über der Schulter Richtung Haustor.

Unerwartet, es war erst acht Uhr, läutete das Telefon. Ich hob ab und hörte eine Stimme: „Hier spricht die Straßenpolizei. Spreche ich mit ...?" Und ich musste mir eine Geschichte anhören, die mich aus verschiedenen Gründen erröten ließ. „Vor zwei Stunden", sagte die Stimme, „als wir auf der Strecke zwischen San Doná di Piave und Portogruaro Streife fuhren, haben wir auf der Straße neben den Gleisen eine Geldbörse gefunden. Aus naheliegenden Gründen haben wir sie geöffnet. Darin befand sich ein an Sie adressierter Brief, den wir Ihnen gerne vorlesen möchten. ‚Lieber G., Frau C., ihres Zeichens Chemielehrerin am Giulio-Cesare-Gymnasium in Rom, wird demnächst nach Triest kommen, um den Genossen V zu treffen. Sie wird dich anrufen. Versuche ihr bitte nach Möglichkeit zu helfen. Liebe Grüße, F. R.' Wir haben Ihnen den Brief vorgelesen", fuhr die Stimme fort, „damit Sie wissen, was vorgefallen ist. Möglicherweise ist die Dame in der Nacht beraubt worden – das passiert nicht zum ersten Mal auf dieser Strecke –, und wahrscheinlich hat der Dieb die Brieftasche aus dem Fenster geworfen, nachdem er das Geld herausgenommen hat. Sobald die Untersuchungen abgeschlossen sind und sofern es keine Anzeige gibt, werden wir Ihnen den Brief zustellen. Sie entscheiden dann, was zu tun ist ..."

„Sehr gut", dachte ich, „nun weiß ich wenigstens, wie ich diesen leeren Vormittag füllen soll."

Ich ging zu meiner Mutter zurück und bat sie, für den Fall, dass Frau C. anrief, ihr zu sagen, dass sie sich in jedem Fall auf mich verlassen könne, doch dass ich leider weg müsse und erst spät am Nachmittag zurückkommen würde.

Inzwischen war auch schon das Auto gekommen.

Am Steuer saß ein alter Freund von mir, der während des Widerstands die lokale Partisanengruppe angeführt hatte. Er war ein vierschrötiger Mann mit einem breiten, stets etwas geröteten Gesicht. Aber die Röte, die an den Ohren in Violett überging, war seine natürliche Gesichtsfarbe und gewiss nicht darauf zurückzuführen, dass er sich allzu leicht aufregte. Der Rote – so nannte ich ihn scherzhaft – war im wahrsten Sinn des Wortes Sanguiniker, aber im Gegensatz zu seinem Aussehen war er sanft und beinahe schüchtern. Seit Jahren nahm er mich im Auto mit, denn ich besaß keinen Führerschein und er war von Beruf Chauffeur. Er war mir nicht nur sympathisch, sondern flößte mir auch großes Vertrauen ein, und zwar nicht nur, weil er so ruhig und nachdenklich wirkte, sondern auch aufgrund seiner Art, wie er im Notfall – bei einem Motorschaden oder sonstigen Schwierigkeiten, die sich nachts auf einer menschenleeren Straße ergaben – reagierte. Als Partisan war er von den

Nazis gefangengenommen wurde, doch mit den unglaublichsten Tricks immer wieder entkommen.

Und so erzählte mir der Rote, während er am Steuer saß, oft von seinen Abenteuern, und manchmal reicherte er sie mit neuen Details an, sodass sie wie spannende Erzählungen klangen. Mit ihm zu fahren, war also ein wenig so, als würde man im Kino sitzen. Er besaß ein derartiges erzählerisches Talent, dass man sich die Orte und Personen (die ich natürlich seit Kindertagen kannte) so gut vorstellen konnte, als ob er sie mit der Kamera aufgenommen hätte. Manchmal war ich beim Zuhören derart gefesselt, dass ich ihn sogar aufforderte, langsamer zu fahren.

Nachdem wir an diesem Tag auf eine nahezu unbefahrene, von Entwässerungskanälen gesäumte Straße eingebogen waren, nahm der Rote ein Foto vom Armaturenbrett und reichte es mir so feierlich, als handelte es sich um eine Reliquie. Dann zündete er sich eine Zigarette an, fast als wolle er damit seine Rührung überspielen. Als ich das Bild betrachtete, hatte ich sofort den Eindruck, es mit etwas Vertrautem zu tun zu haben, das allerdings schon lange der Vergangenheit angehörte. Das Foto war in einer Sumpflandschaft aufgenommen worden, was man nicht nur am Schilf mit den verblühten Rispen, sondern auch an der speziellen Weidenart erkannte, und darauf waren grinsende Bubengesichter zu sehen, wie auf einem Klassenfoto der Volksschule. Zwei von ihnen trugen ein Gewehr über der Schulter, die anderen hielten es neben sich. Und alle hatten große Pistolen in den Gürtel gesteckt. Die Hände hatten sie einander auf die Schulter gelegt, in einer Geste zärtlicher Komplizenschaft, was der Gruppe das martialische Aussehen von Buben verlieh, die Krieg spielen. Hinter ihnen befand sich eine Laubhütte, die zum Teil von einer Zeltplane in Tarnfarben bedeckt und nicht so hoch war, dass sie bis zum Horizont gereicht hätte; und über ihnen und über allen anderen Dingen strahlte ein riesiger Himmel, der den Großteil des Bildes einnahm, als ob der Fotograf sich von diesem merkwürdigen Widerschein hätte anziehen lassen und sich im Übereifer sogar hingekniet hätte. Tatsächlich war das Foto, wie der Rote bestätigte, an der Flussmündung aufgenommen worden, in einem nahezu unbekannten Gebiet, das nur denen vertraut war, die nachts mit flachen Booten hierherkamen, um Aale zu harpunieren. Die Jungen mit ihrer selbstverständlichen Dreistigkeit wirkten in dieser fernen Welt eher wie eine Gruppe überlebender Apachen denn als bereits zur Legende gewordene Kämpfer.

Als ich wieder nach vorne schaute, auf den Weg vor der Windschutzscheibe, befestigte der Rote das Foto gerade wieder am Armaturenbrett und begann zu erzählen: „Wir sind dort nur zwei oder drei Tage geblieben, einerseits wegen der Mücken, andererseits, weil wir uns etwas zu essen besorgen mussten. Deshalb sind wir bis zu einem Dorf am Rande der Lagune vorgedrungen. Niemand erkannte uns dort. Untertags waren wir mit dem Fahrrad unterwegs und nachts gingen wir in die Ställe, um Mais zu entblättern. Am Anfang gab es keine Schwierigkeiten, denn die Deutschen rückten nur auf der Staatsstraße vor, und die faschistische Polizei ..."

Ich unterbrach ihn, weil mir bei seiner Erzählung der Anruf der Straßenpolizei wieder eingefallen war, und so erzählte ich von dem Brief, den mir F. R. geschrieben hatte, und von der Chemieprofessorin des römischen Gymnasiums.

F. R. war Spanienkämpfer gewesen. Das wusste der Rote, denn er hatte gerade seine Memoiren gelesen. Und wie wir uns über diese tragische Sache unterhielten, kamen wir auf den Partisanenkrieg im Friaul und unweigerlich auch auf den Krieg in Slowenien zu sprechen, den ich in seinen Anfängen miterlebt hatte, als noch niemand von der Existenz der Partisanen wusste.

Während mein Freund fuhr, kehrte ich in Gedanken zu jenen unglaublichen Tagen zurück. Nun begann ich zu erzählen, erzählte ihm Episoden, die ich ihm schon tausendmal davor erzählte hatte, ohne zu bemerken, dass ich mir eigentlich etwas ins Gedächtnis zu rufen versuchte, an das ich mich beim Anblick des Fotos erinnert gefühlt hatte. Aber ich wusste weder, was es war, noch warum ich das tat. In der Weise, in der man sich am Morgen an einen Traum zu erinnern versucht, versuchte ich ein Bild abzurufen, das der Szene auf dem Foto des Roten sehr ähnlich war und doch eine aus dem Leben gegriffene Szene war. Eine Szene aus meinem Leben selbstverständlich. Ein Fragment, jedoch so flüchtig wie ein ferner Klang oder ein Duft.

Plötzlich fiel es mir ein. Es war kein Duft, sondern ein süßlicher und ekelhafter Geruch; dann eine Tür, die zufiel, und ein Junge mit durch Fieberblasen verunstalteten Lippen, der vorsichtig etwas unter dem Pullover hervorzog: ein Foto eben. Jetzt war mir alles klar. Es hatte schon einmal so ein Foto gegeben wie das, auf dem die Jungen im Sumpf zu sehen gewesen waren; und auch eine ähnliche Geste wie die, mit der der Rote mir das Foto überreicht hatte: feierlich und geheimnisvoll. Als hätte man mich von einer Last befreit, hörte ich zu sprechen auf. Der Rote bemerkte es und sah mich an, konnte allerdings nicht meine Gedanken lesen. Lächelnd nahm ich zur Kenntnis, was sich eben in den Abgründen meines Hirns abgespielt hatte und überließ mich meinen Erinnerungen ...

Nach den nächtlichen Säuberungen im Vogrictal wurden die Leichen der Partisanen auf dem Gehsteig vor dem „Café Kraljica", gegenüber dem Gymnasium, aufgereiht. Irgendjemand hatte in ihren Taschen gekramt und sich eines bereits belichteten Films bemächtigt, der aus taktischen Gründen sofort entwickelt werden musste. Ein ziviler Fotograf wurde damit beauftragt: der einzige, den es im Dorf noch gab. Aber sein Sohn, der mit dem Handwerk seines Vaters bereits vertraut war, machte heimlich ein paar Vergrößerungen. Aus diesem Grund war ich in der Lage, die Gesichter, die Uniformen, die Waffen (abgesehen von den Dingen des täglichen Lebens) dieser Männer aus allernächster Nähe zu sehen, die damals niemand kannte, von denen jedoch alle bewundernd oder voller Schrecken sprachen, fast so, als ob ich mich unsichtbar in ihre Mitte geschlichen hätte. Die Fotos, die ich in meiner Erinnerung so deutlich vor Augen hatte, als würde etwas genau in diesem Augenblick vor meinen Augen passieren, waren tatsächlich gestochen scharf, sodass man auf den Vergrößerungen jedes winzige Detail erkennen konnte.

Die Partisanen lebten in kleinen Baumhäusern, die sie auf Eichen oder Kastanienbäumen gebaut hatten, oder auf künstlichen Plattformen, die sie errichteten, indem sie die Zweige von drei oder vier

Tannen zusammenbanden. Und obwohl diese Hütten völlig provisorisch waren, wirkten sie wie ein solider Unterschlupf. Es war ganz deutlich zu sehen, dass man über eine lange Sprossenleiter klettern musste, um zu ihnen zu gelangen. Auf einer dieser Leitern hatte man sogar Wäsche zum Trocknen aufgehängt, oder vielleicht waren es auch Handtücher, denn gleich daneben standen drei Jungen in Hemdsärmeln und rasierten sich. Besonders beeindruckend war allerdings eine Vergößerung, deren Original wohl von der Spitze eines Baumes oder aus einer der Hütten aufgenommen worden war, denn darauf konnte man zum ersten Mal eine ganze Partisaneneinheit erkennen. Die Männer, die alle Uniform trugen, hatten sich hufeisenförmig auf einem grasbewachsenen Platz aufgestellt, und in der Mitte stand eine Fahnenstange mit gehisster Flagge. Und da alle ihre Waffen auf den Boden gelegt hatten, war anzunehmen, dass sie sich gerade ausruhten oder auf etwas warteten. Zwei Männer standen mitten auf der Lichtung, zweifellos zwei Offiziere, die alles vergessen zu haben schienen, was rund um sie vor sich ging. Einer der beiden verharrte in der etwas komischen Haltung eines Kurzsichtigen, der ein Dokument liest, während der andere, der nahezu kahl war und einen langen Mantel umgehängt hatte, genau in dem Augenblick aufgenommen worden war, in dem er den Kopf senkte und den rechten Arm ausstreckte, als wolle er auf der Landkarte – vermutlich war es eine Landkarte –, die sein Kamerad dicht vor die Augen hielt, etwas zeigen. Auf dem Gelände ringsherum lag noch ein wenig Schnee, und seine Reflexe – die vom Kalkweiß des Fotopapiers vielleicht zusätzlich verstärkt wurden – standen im lebhaften Gegensatz zu der dunklen Masse der aufgestellten Truppe und der Tannen, was der Szene eine merkwürdige Unwirklichkeit verlieh.

Und dann gab es da auch noch ein beinahe rührendes, wenn auch auf den ersten Blick wie zufällig wirkendes Dokument.

Das Foto war aus unmittelbarer Nähe aufgenommen worden, entweder weil der Fotograf keine Ahnung von seinem Metier hatte oder im Gegenteil große analytische Fähigkeiten besaß, sodass es unmöglich war, etwas Genaues zu erkennen; und da es sich um eine Nahaufnahme handelte, war es zum Teil verschwommen, und man musste einige, und zwar nicht wenige, Versuche unternehmen , um zu begreifen, was der Fotograf aufgenommen hatte. Merkwürdigerweise handelte es sich um einen Gewehrkolben und um zwei Hände. Eine der beiden Hände hielt die Waffe in der Höhe des Objektivs, während die andere mit einem Messer irgendetwas in das Holz des Griffes schnitzte. Aus dem Zusammenhang gerissen, waren diese Zeichen auf den ersten Blick unleserlich. Die Hand, die das Messer hielt – wahrscheinlich die eines Jungen, wenn nicht gar einer jungen Frau, denn die Haut war vor Anstrengung glatt und gespannt –, schnitt Kerben in das Holz, die, wenn man sie miteinander in Verbindung brachte, derart primitive Buchstaben ergaben, dass man sie kaum entziffern konnte. Auf den ersten Blick konnte man ein S und ein M erkennen. Und dann ein Zeichen, das wahrscheinlich ein R war; der letzte Schrägstrich war nämlich, wohl weil etwas dazwischengekommen war, unvollendet geblieben.

Um diese außergewöhnlichen Bilder ohne unliebsame Überraschungen betrachten zu können, traf ich den Sohn des Fotografen im Chemiesaal. Das war der einzige Raum, der in den Pausen immer leer war. Was, wie man sieht, auch durchaus seine Vorteile hatte. Aber irgendeinen Grund musste es wohl geben, warum dieses Klassenzimmer tunlichst gemieden wurde ...

Auf den ziemlich langen Tischen lagen Destillierkolben in allen Formen und Größen, die aussahen, als wollten sie nur von sich sprechen, denn wir konnten nichts mit ihnen anfangen außer ein wenig mit Quecksilber zu spielen oder Wasser im Vakuum einer Ampulle, die wir in der Hand hielten, zum Kochen zu bringen. Um Experimente durchzuführen, fehlten uns nämlich die dafür notwendigen chemischen Elemente. In großer Anzahl waren hingegen anatomische, botanische und mineralische Präparate vorhanden. Die Frage, ob ein Präparat echt oder falsch war, konnte einen den Verstand rauben. Und auch den Atem, denn nicht wenige Mädchen wurden am Ende der Stunde von Husten- und Brechanfällen überwältigt und wiesen merkwürdige Allergien auf. Einzig und allein der Chemielehrerin schien der Gestank nichts auszumachen. Offensichtlich mochte sie nicht nur die Gerüche, sondern auch die Gegenstände in diesem Saal; jedes Stück hier drinnen hatte nämlich, da es von anderen Institutionen übernommen worden war, einen Prozess der natürlichen Mumifizierung durchgemacht. Und das Fräulein schien wesensgleich mit diesem alchimistischen Vorgang, sie verkörperte symbolisch sowohl dessen Körper als auch dessen Seele.

Die Frau verbrachte viele Stunden in diesem „Knochenlager", wie es von bösen Zungen genannt wurde, und um die Wahrheit zu sagen, wunderten sich alle darüber, dass sie hier nicht auch schlief. Aber das waren Unterstellungen, die nicht der Wirklichkeit entsprachen. Wahr war vielmehr – das behauptete zumindest der Mann, der die Schule reinigte –, dass das Fräulein immer um drei Uhr nachmittags, wenn die Schule völlig leer war, in den Saal ging, kaum länger als eine halbe Stunde blieb, und dann mit einem Buch unter dem Arm und einer wie immer nachdenklichen Miene davonging.

Man wusste nur wenig über sie. Sie war nicht verheiratet (der Direktor sprach sie tatsächlich mit „Fräulein" an) und sie wohnte zur Untermiete bei einer Familie, nur ein paar Schritte von der Kirche entfernt. Sonntags wurde sie hin und wieder gesehen, wie sie im Kiesbett eines Flusses spazieren ging.

Das Alter. Das Alter der Frau war undefinierbar, denn sie war so mager, dass man sich leicht hätte täuschen können. Die einen sagten dreißig, die anderen fünfunddreißig, wenn nicht gar vierzig Jahre. Auf keinen Fall war sie jedoch älter als fünfzig. Sie war überdurchschnittlich groß und trug immer einen langen schwarzen Mantel, und wenn ihr Gesichtsausdruck offener und freundlicher gewesen wäre, hätte man sie für eine Rotkreuzschwester oder – was vielleicht auch die meisten taten – für eine schüchterne Laienschwester halten können. Vielleicht war sie auch eine, denn alle ihre Kleider, sogar die Schuhe mit dem niedrigen Absatz, waren derb und billig, als ob sie sich mit Absicht unansehnlich machte, um sich besser auf ein geheimes spirituelles Leben konzentrieren zu können. Fast als ob sie als junges Mädchen irgendein Stigma erhalten hätte: eine Vision, ein Trauma oder irgendeine einfache und unaussprechliche Obsession. Denn im Gegensatz zu den Laienschwestern, die für gewöhnlich freundlich sind, lächeln und den Kontakt zum Nächsten suchen, blickte sie beim Gehen immer zu Boden, und sogar in den Unterrichtsstunden war es ein Zufall – wenn nicht gar ein Unfall –, wenn man ihren Blick kreuzte. In den Augen dessen, der sie angeblickt hatte, blieb nämlich ein Licht zurück, das mit dem Widerschein auf einer Stahlspitze zu vergleichen war.

An den Samstagnachmittagen, wenn alle meine Freunde sich auf dem Sportplatz trafen, blieb ich allein in der Schule. Ich war ja nicht ungern allein. Vom Fenster aus betrachtete ich die Dächer der Häuser, ich zeichnete auf der Tafel oder ging – was ich immer ganz besonders gern tat – in den leeren Klassenzimmen spazieren. Obwohl sie alle gleich aussahen, war doch jedes einzelne eine Welt für sich, das den anderen nur aufgrund der äußeren Form der Dinge ähnelte: der Bänke, der geographischen Karten, der Katheder, die überall auf einem Podest standen ... Einzigartig war hingegen der Geruch, und zwar so sehr, dass man jede Klasse mit geschlossenen Augen erkennen hätte können. Jede hatte ihren eigenen. Unverkennbar wie eine Dimension, eine Form oder eine starke Persönlichkeit. Er ersetzte alle abwesenden Personen und beschwörte in der Stille die Blicke und Gesten derer herauf, die sich hier aufgehalten hatten, und verankerte sie in der Erinnerung.

Ein Saal war allerdings ganz anders als die anderen, und zwar der Chemiesaal.

Im Unterschied zu den anderen Räumen schien sein Geruch weniger von den lebenden Menschen zu stammen, die sich in ihm aufhielten, als vielmehr von den toten Dingen, die hier angehäuft waren. Tatsächlich gehörte dieser Saal allen und zugleich niemandem. Deshalb war ich auch davon überzeugt, dass der Chemiesaal der einzige abnormale Raum war, der nicht zur Schule gehörte, und zwar wegen des herrschenden Gestanks und wegen der Präsenz der Lehrerin, die hier freiwillig einen Großteil ihrer Zeit verbrachte.

Als ich ihn eines Samstags betrat, nachdem ich die lange Treppe hinuntergegangen war, war es vier Uhr nachmittags. Das wusste ich, weil ich vor dem Schließen der Tür hinter mir einen Augenblick innegehalten hatte, um die Schläge der Pendeluhr in der Aula zu hören. Wie immer fiel mein Blick auf das Glasauge des ausgestopften Fuchses, auf die erhobene Kralle des Sperbers, und schließlich auf das menschliche Skelett vor dem Fenster, das im Gegenlicht dastand. Wie immer schüttelte ich ein wenig die Fingerknochen der rechten Hand und folgte dem Zickzackverlauf der Knochennaht auf der linken Seite des Schädels. Ich bückte mich sogar, um durch die Augenhöhlen zu spähen, und dabei musste ich unweigerlich an die Gehirnmasse denken, die sich in Nichts aufgelöst hatte, gemeinsam mit allen Gedanken, allen Träumen und Leidenschaften.

Nur ich und ganz wenige andere wussten, dass Pauli – das war der Spitzname, den wir dem Simulakrum des Todes gegeben hatten – das einzige „lebendige" Ding hier drinnen war, das eine Geschichte hatte. Eine Geschichte, die mich faszinierte, seit es mir gelungen war, sie in Erfahrung zu bringen.

Pauli war das Skelett eines Schusters, der sich fünfzehn Jahre vor seinem Tod im wahrsten Sinne des Wortes an die Topographische Anatomie des Menschen in Graz verkauft hatte. Er hatte das Geld kassiert und es sorglos mit seinen Freunden versoffen, aber ohne jemandem ein Wort zu sagen, denn der Vertrag mit dem Direktor des österreichischen Instituts war geheim. Bei seinem Tod wurde er von seinen Freunden betrauert; aber er – der sich selbst wohl noch weniger ernst nahm als die Welt – überlebte im Dienste der Wissenschaft. In gewisser Weise „blieb er am Leben".

Und deshalb berührte ich ihn. Ich streichelte Pauli sogar, weil ich ihn wegen seiner Tat bewunderte, und schlaksig wie er war, antwortete er mir mit den komischen Bewegungen eines Roboters.

Einmal kam ich sogar auf die – wie mir durchaus bewusst war – lächerliche Idee, an seiner Hand zu schnuppern, um festzustellen, ob vielleicht ... Aber Paulis Hand war völlig geruchlos. Da begann ich, hartnäckig, wie ich nun mal war, dem Sperber, dem Fuchs, dem Dachs und schließlich, ohne auch nur ein einzelnes auszulassen, allen anderen Tieren in den Regalen dieselbe Aufmerksamkeit zu schenken. Bis nur noch die übrig blieben, die oben auf den Schränken standen, und zwar nur vorübergehend, weil sie, wie deutlich zu sehen war, Neuerwerbungen waren. Es handelte sich um exotische Vögel, die so gut konserviert waren, dass sie wie lebendig wirkten, als hätte meine Anwesenheit sie in Alarmbereitschaft versetzt oder als würden sie lauschen. Also nahm ich einen Hocker und stieg vorsichtig hinauf. Instinktiv – aber erst nachdem ich mich umgedreht hatte, um den Saal von oben zu sehen – ließ ich den Rand des Schrankes los und streichelte mit einem Finger das Köpfchen eines Vogels, der kaum größer war als ein Spatz und dessen Federn am Ansatz der Flügel kobaltblau waren, und an der Spitze – wie die Engelsflügel auf den Gemälden des Trecento – in ein leuchtendes Karminrot übergingen. Er saß bequem auf einer Astgabel, an deren einem Ende sich ein Messingschild befand mit der Aufschrift: „Verderonpintado (passerin ciris) – Estados Unidos Meridional".

Ich war von diesem Wunder der Natur so fasziniert, dass ich beinahe darauf vergaß, nicht hier herauf gestiegen zu sein, um die Vögel zu streicheln, sondern um ganz schonungslos an ihnen zu riechen. Ich bildete mir nämlich ein, dass der ekelige Geruch im Chemiesaal möglicherweise von einem von ihnen, der nicht völlig mumifiziert war, ausging. Ich war mir zwar bewusst, dass mein Tun völlig sinnlos war, aber da ich allein und unbeobachtet war, konnte ich meinen Sturkopf ungehindert durchsetzen.

Wer mich kannte, wusste sehr gut, dass ich alles, was ich anfing, auch zu Ende bringen musste; und zwar nicht aus Prinzip, sondern schlicht und einfach aufgrund eines neurotischen Zwangs. Das Merkwürdige war jedoch, dass ich diesen Zwang nicht gänzlich oder überhaupt nicht ausleben konnte, wenn jemand anwesend war. Die Einsamkeit oder zumindest die Abwesenheit von Zeugen war die notwendige Voraussetzung dafür, dass ich das Ritual, zu dem ich mich auf angenehme Weise gezwungen fühlte, auch tatsächlich ausführen konnte. So verspürte ich zum Beipsiel in einer Sommernacht die unbändige Lust, auf einer geraden Linie – fünfhundert Meter oder mehr, wenn nicht gar einen Kilometer – durch die Felder zu laufen, ohne einem Hindernis auszuweichen. Und so durchquerte ich, nachdem ich mich für irgendeine Richtung entschieden hatte, die Maisfelder, kroch unter Weinstöcken durch, durchlief kleine Wäldchen und watete durch Gräben, Karstquellen und sogar Entwässerungskanäle. Einmal wäre ich sogar fast in einem ertrunken. Aber das alles war nur möglich, wenn niemand in der Nähe war und nachts womöglich sogar der Mond schien.

Ich war also drauf und dran, die Vögel zu untersuchen, als ich bemerkte, dass hinter ihnen an der Mauer eine Reihe von kleinen Päckchen lag, die so sorgfältig geschlichtet waren, dass man meinen konnte, in ihnen müsse sich etwas Wichtiges befinden, für das man bis jetzt keinen besseren Aufbewahrungsort gefunden hatte. Ich wollte schon die Hand ausstrecken, als plötzlich aus wer weiß welchen Tiefen der Seele die Idee auftauchte, diese kleinen Pakete, die wie kleine Grabhügel nebeneinander lagen, könnten die Quelle, der Grund – oder besser noch – die Rechtfertigung für den Gestank sein, der mir augenblicklich – sobald das Hirn die Geruchswahrnehmung verstärkte – den Atem raubte ...

Wir fuhren durch ein steinernes Tor, und an dem eigentümlichen Bellen eines Hundes erkannte ich, dass wir am Ziel angekommen waren. Es war beinahe Mittag. Ein Arbeitsessen, ein paar Worte, dann fuhren wir wieder zurück.

Aber anstatt wie üblich die Straße nach Udine zu nehmen, beschlossen wir, am Damm des Piave entlangzufahren und dann weiter südlich auf die Hauptstraße nach Triest einzubiegen. Nicht zuletzt, weil der Rote immer wieder sagte, dass die Straßenpolizei eine Straftat, die in einem Zug begangen würde, der Bezirkspolizei oder auch den Carabinieri melden müsse: in diesem Fall den Carabinieri in San Donà oder in Portogruaro. (Und ich konnte ihm durchaus Glauben schenken, denn der Rote kannte sich bei diesen Dingen aus.) Wenn wir also einen kleinen Umweg machten, konnten wir die Sache klären und außerdem gleich den Brief von F. R. abholen. Wie geplant blieben wir also bei den verschiedenen Kommissariaten stehen, aber niemand wusste etwas. Weder von der Geldbörse, noch von dem Brief. Es blieb uns also nichts anderes übrig, als weiterzufahren, um so bald wie möglich zu Hause zu sein.

Der Rote, den der Ausgang unserer Nachforschungen argwöhnisch gemacht hatte, fuhr schnell und ohne ein Wort zu sagen. Wahrscheinlich dachte er ebenfalls, dass sich ein ganz besonderer Krimi anbahnte.

Bei Sonnenuntergang kamen wir an. Kaum hatte ich die Haustür hinter mir geschlossen, sah ich, dass mir gegenüber, mitten im hell erleuchteten Wohnzimmer eine Frau stand. Sie blickte mich über den Rand der Brille hinweg an, aber nur kurz, denn gleich darauf wandte sie den Blick ab. Ich wollte sie begrüßen, fand aber nicht einmal die Zeit, „Guten Abend" zu sagen, denn die Frau, die offenbar schon im Gehen begriffen war, überschüttete mich mit einem Wortschwall. Ich war so überrumpelt, dass die Worte für mich kaum einen Sinn ergaben. Ich verstand einzig und allein, dass sie mir vorwarf, sie absichtlich ignoriert zu haben, weil ich nicht da gewesen war. Und deshalb versuchte ich weniger den Sinn ihrer Worte zu erraten, sondern betrachtete sie, wie man mit den Augen ein Bild erforscht. Der bedrückte Gesichtsausdruck, der lange dunkle Mantel und vor allem das gereizte Getue einer alten Jungfer erinnerten mich an jemanden, mit dem ich einmal zu tun gehabt hatte. Ich wusste natürlich weder wann noch wo, und da ich mir Gesichter nicht merke, gab ich mich auch nicht der Hoffnung hin, ihres würde aus dem Dunkel der Erinnerung auftauchen. Aber allmählich schob sich wie bei einer langsamen Überblendung das Bild meiner ehemaligen Chemieprofessorin, an die ich während der Fahrt aufgrund merkwürdiger Zufälle und Assoziationen mehrmals gedacht hatte, über die Gestalt der Lehrerin des Giulio-Cesare-Gymnasiums. Das Bild war zwar getrübt aufgrund der zeitlichen Distanz, entsprach jedoch vollkommen der weiblichen Gestalt, die vor mir wie in einem alten Stummfilm die Lippen bewegte: dieselben Falten auf der Stirn und vor allem dieselben zwei vertikalen Furchen, die von der Nasenwurzel ausgingen und den Augen eine Strenge verliehen, dass einem das Blut in den Adern gefror. Als die merkwürdige Verwandlung abgeschlossen war, traf es mich wie ein Blitz, und im Lichte dieser erhellenden Erkenntnis setzten sich die Teile dieses absolut realen Märchens zusammen wie ein perfektes Puzzle.

Den Anruf der Straßenpolizei erkannnte ich jetzt als armselige Inszenierung, auch wenn ihn sich eine Person ausgedacht haben musste, die nicht völlig phantasielos war. Denn als der „Erzähler" beziehungsweise der falsche Polizist mir am Telefon von dem Diebstahl erzählt hatte und dass man eine Geldbörse mit einem an mich adressierten Brief gefunden hätte – lauter ausgefeilte Details, mit denen er seiner Geschichte den Anstrich von Wahrheit geben wollte –, hatte er auch ein reales Detail preisgegeben, das seinen allzu ausgeklügelten Plan zu Fall brachte, obwohl er mich gerade damit auf besonders hinterhältige Weise hatte täuschen wollen. Denn während die Frau fortfuhr mich zu beschimpfen, und ich die Szene stumm verfolgte wie von einem leeren Zuschauerraum aus, wurde mir blitzartig, so schnell wie das Ganze vor sich ging, klar, dass die Frau tatsächlich den Beruf hatte, von dem in dem Brief die Rede gewesen war. Aber dieses reale Detail, das es der Frau ermöglichte, sich nicht verstellen zu müssen, war auch ein wertvolles Indiz für jemanden wie mich, der in diesem Augenblick vielleicht nicht gerade das Bedürfnis, aber doch eine große Neugier verspürte, sie wiederzuerkennen oder – wie man so schön sagt – zu entlarven, auch wenn entlarven manchmal bedeutet, die wahre Persönlichkeit von jemandem zu entdecken. Der Zufall, dieses wundersame Ereignis, hatte dafür gesorgt, dass die unglaubwürdige Chemielehrerin des römischen Gymnasiums tatsächlich auch meine Lehrerin gewesen war, wenn auch in einer abgelegenen Schule in einem Tal der Ostalpen. Und außerdem hatte er zudem dafür gesorgt, dass die Frau ihre „Aufmerksamkeit" jemandem geschenkt hatte, der vor Jahren ihre perverse Neigung aufgedeckt hatte, fast als ob sie sich dafür habe rächen wollen.

Während ich benommen und nahezu wie abwesend den Flaum auf der Oberlippe der Frau beobachtete, die bereits unglaublich faltig war, folgte ich gleichzeitig der Bewegung ihrer Hände. Ich sah allerdings nicht die vor mir, die jetzt nervös den Kragen des Mantels glattstrichen, sondern die glatten, die im Chemiesaal irgendeinen Schatten von Sexualität rituell begraben hatten.

Die Dame spielte ihre Rolle, ohne zu ahnen, dass ich sie bereits völlig durchschaut hatte. Ich hatte nur einige Indizien miteinander in Verbindung bringen müssen: den Blick, die Haltung, den Schnitt des Mantels, und außerdem die Schuhe mit den niedrigen Absätzen, die vielleicht, obwohl so viele Jahre vergangen waren, noch immer dieselben waren. Und so tauchten alle Einzelheiten des Skandals, der damals die ganze Stadt in Aufruhr versetzt hatte, aus meiner Erinnerung auf, als ob sich dichter Nebel heben würde. So hatte man zum Beispiel vorgegeben, als würde es sich bei der Desinfektion des Chemiesaales (die auf Erlass des Bezirksarztes erfolgte) um die dringend erforderliche Reinigung des Schornsteins handeln. Ich bekam unerwartet einen Tag Ferien. Aber bereits am nächsten Tag wurde die geschönte offizielle Version der Affäre bekanntgegeben. Es hieß, die Chemielehrerin sei aufgrund ihrer „unverhohlenen antifaschistischen Überzeugung" entlassen worden.

Die Frau hatte aus dem Trauma ihres Lebens beziehungsweise aus dessen beschönigender Umschreibung Nutzen gezogen und rühmte sich nun einem Unbekannten gegenüber – was ich zumindest persönlich für sie war – der Freundschaft zu einem berühmten Vertreter des Antifaschismus, dessen Opfer sie unfreiwilligerweise geworden war. Sie war nicht zufällig auf den Namen von F. R. gekommen. Sie hatte ihn einfach benutzt wie einen Dietrich. Allerdings hatte die Frau bei der Inszenierung ihres Schwindels (der im Grund nichts anderes als eine phnatasievolle Bitte um Hilfe war) den Bogen weit überspannt. Sie hatte eine Freundschaft vorausgesetzt, die es überhaupt nicht gab. Ich hatte zwar an F. R.s Buch über Spanien mitgearbeitet, den Autor allerdings nie kennengelernt.

Während mein Geist sich in diesem Geflecht aus Erinnerungen und Vermutungen zurechtzufinden versuchte, war der Rest meines Körpers nahezu wie gelähmt. Es gelang mir nicht, den Mund zu öffnen, um die Frau, die mich wüst beschimpfte, zum Schweigen zu bringen, und nicht einmal, ihr zu widersprechen, um ihr klarzumachen, dass ihre Aufführung nicht nur wirkungslos, sondern auch fehl am Platze war. Ich verspürte eine Art verzauberter Bewunderung und somit auch Respekt – ich wüsste nicht, wie ich es sonst bezeichnen sollte – angesichts einer solchen Erfindungsgabe. Und diese Erfindungsgabe hatte – wie man sich leicht vorstellen konnte – einen langen und komplizierten Plan in ihr reifen lassen, und wie alles, was kreativ ist, war die Entwicklung dieses Plans gewiss auch lustig und spannend gewesen. Aufgrund meiner speziellen Neugier – aber das fiel mir erst später ein, als ich über die Wechselfälle des Lebens nachdachte –, hätte ich ihr gerne Fragen gestellt. Aber gar nicht so sehr zu ihrer abenteuerlichen Vergangenheit, sondern vielmehr, warum sie auf einen wie mich gekommen war, der sich dafür entschieden hatte, sein Leben in einem kleinen Haus am Rande der Lagune zu verbringen. Aber im Augenblick hatte ich eine andere Sorge, und einzig diese konnte mich aus dem Zustand der Verzauberung befreien, und zwar, wie ich meine Mutter von einer Person befreien konnte, der sie gewiss (es konnte gar nicht anders sein) zu viel Aufmerksamkeit geschenkt und auf vielleicht naive Weise zuviel vertrauliche Dinge mitgeteilt hatte.

Unser Hirn ist eine wunderbare Maschine: Es gestattet uns, uns zu spalten, wie wenn wir vor dem Spiegel stehen und unser Spiegelbild betrachten. In der absurden Situation, in der ich mich befand (die Frau mir gegenüber benahm sich, als stünde sie auf einer Bühne, so exaltiert war ihr Ton), betrachtete ein Teil meines Hirns die Angelegenheit von außen, als müsse es irgendeine Botschaft entziffern, während der andere Teil erfolglos versuchte, die Angelegenheit von innen zu verfolgen. Was die Frau sagte, war äußerst logisch, und außerdem brachte sie es im Ton jemandes vor, der alle seine Argumente bereits dargelegt hat und nun noch einmal alles zusammenfasst, um zu einem Kompromiss zu gelangen. Tatsächlich sagte die Dame zum Schluss, dass sie nach dieser unerfreulichen Erfahrung nach Rom zurückkehren wolle. Aber sie habe kein Geld. Darin bestand nun der Kompromiss. Ich verstand die Logik einer derart einwandfreien Schlussfolgerung, packte – wie man so schön sagt – die Gelegenheit beim Schopf und schlug ihr vor, sie augenblicklich zum Bahnhof zu begleiten, wo sie den letzten Zug Richtung Süden nehmen könne. Und ich würde ihr nicht nur die Fahrkarte kaufen, sondern auch eine gewisse Summe Geld überlassen. Der Vorschlag schien sie zu beruhigen, und da sie überzeugt war, dass man sie nicht einfach so gehen lassen würde, verabschiedete sie sich von allen mit unerwarteter Freundlichkeit. Aber draußen, als der Rote ihr die Autotür öffnete, sträubte sie sich wie vor einer Gefahr. „Nein“, sagte sie entschlossen, „ich möchte Ihnen nicht länger zur Last fallen.“ Darauf ergab sich ein Augenblick eisigen Schweigens, und ich begann schon zu zweifeln, denn die Frau benahm sich, kaum war sie über die Türschwelle getreten, ganz normal, wie jemand, der ein reines Gewissen hat. Sie blickte sich um, als überlegte sie, wie sie entscheiden solle. Dann veränderte sich plötzlich ihr Gesichtsausdruck. „Ist gut“, sagte sie dann, „ich werde nie wieder ins Friaul kommen.“ Und als sie ins Auto stieg, fügte sie augenzwinkernd hinzu. „Sagt man eigentlich Frìaul oder Friàul?“

Auf der kurzen Fahrt beantwortete sie freundlich alle meine Fragen, und sie lächelte sogar, als ich auf das Geld zu sprechen kam und zu ihr sagte: „Viel kann ich Ihnen nicht geben, aber passen Sie diese Nacht gut darauf auf.“

Als das Auto des Roten vor dem Bahnhof stehen blieb, konnte ich aus den Augenwinkeln heraus gerade noch beobachten, wie ein Mann mit einer blitzartigen Bewegung die Autotür aufriss, die Frau am Arm packte, mit ihr über den Platz lief, über einen Graben auf die Wiese sprang und mit ihr in der Dunkelheit verschwand.

Cassiopeia

In der Lagune wird fast nicht gesprochen. Kurz bevor es Abend wird, liegt etwas in der Luft, das einen allenfalls einlädt zu lauschen, nicht zuletzt deshalb, weil man beim Schlingern des Bootes unglaublicherweise in die Vergangenheit zurückkehrt. Aber diese Rückkehr (die auch ein inneres Lauschen ist), ist praktisch nicht zu beschreiben. Sie ist ein Nichts. Eine zu füllende Leere, denn die Sinne nehmen nur das Licht des Sonnenuntergangs und ein ganz leises, rhythmisches und geheimnisvolles Rauschen wahr. Der Rest sind undeutliche Erinnerungen an die ersten Tage des Lebens. Mein Boot ist zum Beispiel ein Holzboot, das in einer Welt aus Plastik überlebt hat. Seine Beplankung ist aus Eichenholz, sie stammt von einer Eiche aus den Bergen Istriens oder Dalmatiens. Es ist mir jedoch noch nie gelungen, zum Ausdruck zu bringen, was das Wort „Beplankung" in mir, in den Tiefen meiner Seele auslöst. Ich weiß nur, dass die ineinander verzahnten Bauteile des Bootes – mit einem Wort, das Knarren der Beplankung – bei mir ebenfalls eine Art *flashback* auslöst. Das ist alles, was ich zu sagen vermag. Und bald wird das vielschichtige Wort „Beplankung", das ich so sehr liebe, für immer verschwunden sein. Getilgt aus der Schifffahrtsterminologie, aufgrund eines Prozesses, der mich an ein Ritual erinnert, das die wenigen überlebenden Bewohner einer Südseeinsel beibehalten haben: Immer wenn ein Mensch stirbt, löschen sie ein Wort aus ihrem Vokabular. Aus diesem Grund bin ich zu der Überzeugung gekommen, dass es keine genau definierte Grenze zwischen meinem Leben und dem meines Bootes gibt. Das sage ich mir ganz heiter, bevor es auf einem Scheiterhaufen verbrannt wird oder langsam auf der Groto-Sandbank verrottet.

Ich machte die Leinen am Bug los und ließ mich langsam von der Flut abtreiben. Dann, nachdem ich so lange wie möglich gewartet hatte, um den Zauber nicht brechen zu müssen, machte ich den Motor an und das Boot nahm Fahrt auf. Erst jetzt streckte sich das Mädchen auf der Kabine aus und betrachtete schweigend den Himmel. Weiter vorne, hinter der großen verfallenen Hütte auf der Insel Safon, dort, wo der Kanal schmäler wird und die Dämme des Taglio Nuovo beginnen, auf der linken Seite, in einem dichten Tameriskenwäldchen, befand sich die Behausung eines Mannes, der hier das ganze Jahr über allein lebte. Das Schilfdach seiner Hütte war bereits zu sehen, aber wir waren noch zu weit entfernt, um zu erkennen, ob er wie immer zu dieser Stunde bereits vor seiner Tür saß. Er war kein Fischer und vielleicht besaß er nicht einmal ein Boot. Als man das Bellen eines Hundes hörte, fiel mir ein, dass er von manchen „der Mann mit dem schwarzen Hund“ genannt wurde. Der Hund gehörte ihm. Wenn er einen Augenblick im dichten Laubwerk auftauchte, wirkte er genauso sonderbar und feindselig wie sein Besitzer.

Um das zu verstehen, muss man mit dieser Welt vertraut sein. So kann man nur leben, wenn man entweder ein Weiser oder ein unverbesserlicher Misanthrop ist. Aber am Anfang weiß niemand, dass einen die Lagune krank macht, läutert, auf das Wesentliche reduziert. Die Natur ist hier so stark, dass sie in kürzester Zeit dein Leben bestimmt. Sie beugt dich, so wie der Maestral die Tamerisken beugt. Und beim Sprechen dämpft man immer mehr die Stimme, bis „in Verbindung mit der Welt“ zu sein bedeutet, dem großen Ganzen oder einfach nur dem Wind im Schilf zu lauschen.

Die junge Frau betrachtete den Himmel oder träumte.

Der Damm, der sich im Gegenlicht verdunkelte, schien hin und wieder unterbrochen, und im Wasser spiegelten sich die Rückenwände der verfallenen Hütten, die Algenhaufen, die vom Zufall durcheinandergewürfelten Dalben. Hin und wieder tauchte ein Überrest aus wer weiß wie lange vergangener Zeit auf. Und während die Möwen dem Boot folgten, über dem Kielwasser dahinsegelten, wurden wie bei einer Kamerafahrt zuerst das Profil der Alpen am Horizont sichtbar, und dann im Vordergrund ein Kreuz, das an ein Unglück erinnerte, ein Reiherpaar und schließlich Tarlaos kleine Insel. Giovanni trat aus seiner Hütte und blieb im Viereck der Tür stehen, um zu grüßen. Mit erhobenem Arm machte er zwei Schritte nach vor und eine unverständliche Geste. Ich beschloss, lieber doch das Positionslicht anzumachen. Wenn man die Lagune nicht gut kennt, sollte man eigentlich den Anker auswerfen und schlafen. In der Dunkelheit sind die Kanäle nämlich noch hinterhältiger. Aber ab Tarlaos Insel wird alles einfacher. Die Kanäle werden breiter, und die Strömung ist wieder günstig bis zu der Stelle, wo sich bei einer Flussmündung weiter im Norden das Süßwasser mit dem Salzwasser des Meeres vermischt.

Als die aus drei Pfählen bestehende Dalbe auftauchte, die den Beginn des San-Pietro-Kanals markiert, sah ich auf die Uhr. Es war erst neun. Noch nicht spät. Immerhin war ich nur noch eine gute Meile von der Anlegestelle entfernt. Wie immer orientierte ich mich vorne am Licht des Campanile von Grado und achtern an Cassiopeia. Der Polarstern ist immer irgendwo in der Nähe, aber nicht leicht zu sehen. Ich folgte also den Reflektoren der Dalben, bis ich nur noch ein paar hundert Meter von dem grün blinkenden Lichtsignal entfernt war, und bevor ich zu einem weiten Bogen nach links ansetzte, warf ich noch einen Blick auf das offene Meer. Es waren keine Lichter zu sehen, und daraus schloss ich, dass die Fischerboote schon alle heimgekehrt waren.

Ich dachte an Cassiopeia. Sie würde nie wieder so sein wie heute.

Das Mädchen war gerade von der Kabine heruntergklettert, als das Boot langsamer wurde, allerdings nur einen Augenblick. Dann blieb es stehen. Die Schiffsschraube drehte vergeblich. In aller Ruhe versuchte ich mich zu orientieren. Vor mir lag der Campanile – sogar den Engel konnte man sehen –, und ganz hinten rechts blinkte das rote Leuchtfeuer. Alles schien ganz normal zu sein, aber ich musste gestehen: Ich hatte mich von der Strömung auf die Groto-

Sandbank ziehen lassen, die ich übrigens sehr gut kannte, weil ich mir hier immer Köder besorgte, wenn ich fischen ging. Ich setzte mich also mit dem Mädchen auf die Bank am Heck, um – was in dieser Situation wohl das naheliegendste war – zu versuchen, das Boot im Rückwärtsgang wieder flottzumachen. Ich ließ den Motor auf Hochtouren laufen, aber umsonst. Dann versuchte ich mich mit dem Ruder abzustoßen, aber als ich damit den Boden berührte, musste ich feststellen, dass wir genau am Rand der Sandbank festsaßen. Ich versuchte noch einmal, mich abzustoßen, und bat auch das Mädchen, mir dabei zu helfen, aber umsonst.

Wir sahen uns beinahe belustigt an, wussten jedoch, dass wir nicht die ganze Nacht hier bleiben konnten. Um besser nachdenken zu können, beschloss ich, den Motor abzustellen. Eine wunderbare Stille machte sich breit. Dann begann ich instinktiv die Sterne zu suchen. Der lange Arm des Schwans zeigte wie immer nach Südosten, und Wega war wie immer ganz allein. Die Zwillinge, der Adler, Aldebaran. Dann die Plejaden ... Vom Höhepunkt des Himmels beschrieb die Milchstraße einen Bogen in Richtung Gardasee.

Ich hatte eine Idee. Allerdings hätten wir auch gar nichts anderes tun können. Das Mädchen sollte auf die Sandbank steigen und links vom Bug anschieben, während ich backbords mit Schraube und Ruder steuerte. Sobald das Mädchen im Wasser war, machte ich den Motor an, legte den Rückwärtsgang ein und stellte die Steuerstange gerade. „Schieb!“, rief ich. Es dauerte nur einen Augenblick. Der Druck der Strömung auf das Steuer, der Sog der Schraube und der von dem Mädchen erzeugte Schub erzielten die gewünschte Wirkung. Allerdings hatte ich nicht vorausgesehen, dass sich das Boot um die eigene Achse drehen würde. Das Boot, das von der Gezeitenströmung auf der einen Seite erfasst wurde, trieb von der Sandbank weg, und die Frau hatte keine Zeit, wieder hinaufzuklettern. Ich rief ihr zu, sie solle warten, ich würde umdrehen, aber da hatte sie sich bereits ins Wasser gestürzt, um mir nachzuschwimmen.

Und nun geschah etwas absolut Unvorhersehbares.

Um das Boot steuern zu können, muss die Strömung anliegen, allerdings darf sie nicht stärker sein als die Eigengeschwindigkeit des

Bootes. Ich war also gezwungen, eine größere Kurve zu ziehen. Aber je mehr ich mich der Mitte des Kanals näherte, desto stärker wurde die Strömung und die Abdrift nahm zu.

„Wo bist du?“, schrie ich, „wo bist du?“

Es antwortete eine schwache und weit entfernte Stimme. „Ich bin hier!“, rief das Mädchen. Aber obwohl ich in alle Richtungen spähte, konnte ich sie nicht sehen. „Sag mir, wo du bist!“, schrie ich noch einmal und wartete auf eine Antwort. Die kam, wenn auch ganz leise. Dann nichts mehr.

Die Dunkelheit war vollkommen und die Lichter der Insel brachten mich absurderweise noch mehr durcheinander. Zuerst sah ich sie links und dann rechts, als ob das Boot steuerlos dahintriebe. Ich dachte, der Lärm des Dieselmotors würde die Stimme der Frau übertönen, und deshalb machte ich ihn aus. Ich versuchte, klar zu denken und mich zu orientieren. Ich rief aufs Neue nach ihr, ich schrie ihren Namen, so laut ich konnte, horchte, und stellte mir, wie in solchen Augenblicken immer, die schrecklichsten Dinge vor ... Ich konnte mir einfach nicht erklären, wie ich hatte auflaufen können, ich hatte diese Strecke doch schon Tausende Male zurückgelegt: auch in der Dunkelheit und bei jedem Wetter. Aber vor allem konnte ich mich nicht damit abfinden, dass ein wunderschöner Nachmittag so hatte enden müssen. Am liebsten hätte ich geweint.

„Kannst du mich hören?“, schrie ich wieder aus vollem Halse. Immer wieder, bis mich ein Hustenkrampf zwang, mich hinzuknien.

Dann stand ich wieder am Bug. Plötzlich sah ich vom Meeresgrund eine Qualle aufsteigen; zuerst eine und dann noch eine. Sie waren groß und leuchteten. Einen Augenblick lang musste ich bei ihrem Anblick an einen weißen Rock denken, an einen Schal, mit einem Wort, an etwas, das mir nicht aus dem Sinn ging. Sodass ich ein paar Augenblicke an etwas ganz anderes als an die Quallen dachte ... Dann gesellte sich noch eine dritte hinzu, und ein Stück weiter vorne noch eine, und dann noch welche, bis sie sich unter dem Boot zu einer phosphoreszierenden Wolke verdichtet hatten, die immer größer wurde. Irgendetwas kroch über den Meeresboden, aber ich konnte weder erkennen, was genau es war, noch wie groß es war. Ich war wie vor den Kopf gestoßen. Ich verstand gar nichts mehr. Die Lichter der Insel wanderten immer mehr nach links, während das Boot ungebremst auf das offene Meer hinauszutreiben schien. Von Magenkrämpfen geplagt, schrie ich immer wieder ihren Namen. Bis ich keine Luft mehr bekam. Mit so etwas Absurdem konnte ich mich einfach nicht abfinden.

Aber sobald wieder Stille eingekehrt war, hörte ich einen ganz leisen Sog, wie wenn eine Meeräsche an der Oberfläche jagt. Ich wartete reglos. Eine Zeitlang – ich habe nie herausgefunden, wie lange es dauerte – passierte gar nichts; aber schließlich erkannte ich ganz langsam, als ob sich die Augen an die Dunkelheit gewöhnten, an der Seitenwand, auf halber Höhe des Bootes, etwas Weißliches, das sich in kurzen Abständen zusammenzog. Zuerst dachte ich an einen Tintenfisch, aber nur einen Augenblick lang. Bis ich wieder das dumpfe Geräusch vernahm, begleitet von stockendem Atem und Schluchzen. Da begriff ich, dass sich eine Hand am Boot festklammerte.

Ich beugte mich über Bord und packte die junge Frau an den Haaren. Sie war völlig erschöpft, aber unversehrt. Es erschien mir wie ein Wunder. Ich versuchte ihr Mut zuzusprechen, denn ich hatte schreckliche Angst, sie könnte ohnmächtig werden. Ihre Worte wurden von einem pfeifenden Geräusch verzerrt.

„Schaffst du es noch einen Augenblick?“, fragte ich sie. Das Mädchen nickte. Da nahm ich das Tau und wickelte es ihr um die Brust, wobei ich riskierte, ebenfalls ins Wasser zu fallen. Dann zog ich fest zu und packte das Mädchen wieder an den Haaren.

„Hör mir gut zu“, sagte ich zu ihr, „hör mir gut zu, du bist in Sicherheit, du musst dich nur ausruhen. Du wirst schon sehen, irgendwie ziehe ich dich an Bord. Mach dir keine Sorgen.“

Es vergingen ein paar Minuten, während das Boot von der heftigen Gezeitenströmung weiter abgetrieben wurde. Aber das spielte nun keine Rolle mehr.

Als die Frau wieder zu Atem gekommen war, sagte sie ganz leise. „Ich glaubte schon, es nicht zu schaffen. Ich war mir sicher, dass ich sterben würde.“

„Nur ruhig“, antwortete ich, „halte dich mit der anderen Hand gut fest, und bleib vor allem ruhig.“

Auch ich musste Ruhe bewahren, denn es war mir klar, dass das die entscheidenden Augenblicke waren. Ich suchte die kleine Leiter, die ich immer verwendete, wenn ich schwimmen gehen wollte, denn das Schiff hatte sehr hohe Seitenwände. Ich suchte sie verzweifelt auf dem Kajütenaufbau. Dann erinnerte ich mich, dass sie an der Reling befestigt war. Ich nahm sie vorsichtig und befestigte sie mit der Leine an einer Öse. Erst dann ließ ich sie ins Wasser. Als ich merkte, dass die Haken eingerastet waren, beugte ich mich wieder über Bord und sagte mit fester Stimme zu ihr. „Pass gut auf! Du darfst jetzt keinen Fehler machen. Hör mir gut zu! Ich löse jetzt das Tau, damit du dich bewegen kannst. Dann nehme ich deine linke Hand und lege sie auf die oberste Sprosse der Leiter, und erst dann, wenn du dich sicher fühlst, kletterst du hinauf. Bis dahin halte ich dich um die Mitte fest ... los!“, fügte ich hinzu. Als es der jungen Frau gelungen war, sich an der Seitenwand hochzuziehen, blieb sie ein paar Augenblicke kopfüber auf der Reling liegen, um wieder zu Atem zu kommen. Dann erholte sie sich langsam und kletterte an Bord.

„Cassiopeia hat mich gerettet“, stieß sie hervor, „ich bin auf sie zugeschwommen, bis mich die Kräfte verlassen haben ...“

[Medea]

Zweifellos liebte er die Dünen und die Tümpel des Tagliamento mehr als alle Strände der Welt. Aber das Meer ... Wann hatte er das Meer entdeckt? Und wo?

Links neben meiner Schreibmaschine liegen ein paar Fotos, die ich vor vielen Jahren mit einer Contax, die ein großartiges Objektiv besaß, aufgenommen habe. Ich bewahre sie in einem großen Agfa-Karton auf, gemeinsam mit den Fotos professioneller Fotografen und mit anderen Amateurfotos, die allerdings gelungener sind als meine. Auf einem dieser Fotos steht er auf einer Sandfläche oder vor einer geheimnisvollen Lagune, die sich möglicherweise in Afrika befindet, oder im Licht eines Himmels, in dem sich das Meer spiegelt, das allerdings kein italienisches ist. Und es gibt noch mehr Fotos, die wahrscheinlich vor dem Hintergrund des Meeres oder eines Bootes aufgenommen worden sind. Das ist allerdings weniger am Spleiß der Taue oder an einem geflickten Besansegel zu erkennen, sondern an seinen halbgeschlossenen Augen und an dem zum Horizont schweifenden Blick. Und vor allem daran, dass eine Hand, seine Hand, fest einen Pfahl umfasst, der zweifellos der grob geschnitzte Besanbaum eines einfachen Fischerbootes ist.

Aber es ist bestimmt nicht das Meer bei Caorle. Und schon gar nicht das bei Rimini: Die beiden Strände, die in Frage kämen, weil er sie in seiner Jugend – keine Ahnung wie oft – besuchte.

Es ist ungewiss, wann das Foto entstanden ist. Meiner Meinung nach kann man jedoch erkennen, wo es entstanden ist. Denn das

Gesicht – das ebenfalls eingefallene Wangen hat – und das ich erst jetzt verschwommen im Hintergrund erkenne, kann nur das eines Gradeser Fährmanns sein.

Vielleicht war ich der erste, der ihn auf die Insel mitgenommen hat, denn sein „Revier" war der Strand von Caorle. So wie Grado sich am südlichen Rand meines „Reviers" befand – obwohl es von dort zu sehen war wie eine Fata Morgana. Er erzählte mir von den Lokalen mit der Tanzfläche im Freien und ich ihm von den nächtlichen Ausflügen auf die Insel Barbana.

In meiner Kindheit war die Insel Grado ein unbekanntes, legendenumwobenes und geheimnisvolles Land gewesen. Wenn man an einem strahlenden Julitag von der luftigen Wallfahrtskirche Barbana aus den Engel auf dem Campanile betrachtete, schien er sich bebend und strahlend in der Luft aufzulösen. Ich erinnerte ihn oft an diese Orte, weil ich wusste, dass sie den Orten seiner Kindheit sehr ähnlich waren. Tatsächlich teilten wir die Erinnerungen an die Nachmittage am Fluss, an den Duft des Grases, das wir mit den Händen ausrissen, um damit die Hasen zu füttern, an die Nachmittagsruhe in den Akazienwäldchen oder an die Streifzüge in die Weinberge, wo wir uns die Taschen mit Weintrauben vollstopften. Mit einem Wort, Caorle und Grado waren unsere jeweiligen Eldorados.

Eines Tages entdeckte auch er die Lagune.

Ich besaß damals eine alte, neun Meter lange Schaluppe, die ich reparieren und mit einer Kajüte versehen hatte lassen und die sich wunderbar zum Fischen und Sonnenbaden eignete. Zweifellos war sie sicher genug für unsere Gewässer, aber nicht sicher genug für einen Freund, der Abenteuer nie geliebt hatte, weder im Schnee, den er hasste, noch auf dem Wasser. Außerdem war er davon überzeugt, „schrecklich" unter Seekrankheit zu leiden. Ich musste also ein wenig Gewalt anwenden, um ihn ins Boot zu bekommen.

An einem klaren Tag Ende September fuhren wir auf dem Canale della Schiusa hinaus: an einem jener Tage, die sich auf immer und ewig dem Gedächtnis einprägen. Im Norden vom immer spärlicher werdenden Grün der Ebene gesäumt und von dieser durch die unbewegliche Lagune getrennt, war die Insel zeitlos. In den Tamarisken glaubte man noch ein paar übriggebliebene Zikaden zu hören, obwohl der Sommer schon mit einem unbestimmten mediterranen Licht zu Ende ging. Die Alpen rückten vor wie Wolken oder wie unverhältnismäßig große Schmetterlinge.

Er stand mitten auf dem Schiff wie ein Fremdkörper. Ich gab ihm den Rat, nach vorne zu gehen und sich auf die Kajüte zu setzen. Einen Augenblick lang schien er beruhigt zu sein. Aber richtig beruhigt war er erst, als wir die Signallichter des Hafens hinter uns gelassen hatten und in Richtung San-Pietro-Kanal fuhren. Bis dahin hatte er mit dem Blick die Fluchtlinie der Dalben zum offenen Meer hin verfolgt, jetzt warf er mir allerdings einen entspannteren Blick zu, und wie mir schien, gab er auch einen Seufzer der Erleichterung von sich. So fuhren wir bei absoluter Windstille in die Lagune hinaus.

Das Gurgeln des Wassers veranlasste uns zu schweigen, und keiner von uns fühlte sich bemüßigt, die Stille mit herkömmlichen Worten zu füllen. Nachdem er sich selig auf der Kajüte ausgestreckt und ich am Steuer Platz genommen hatte, ließen wir uns ganz von der flirrenden Magie der Lichtreflexe einhüllen.

Ein Gruß in der Lagune besteht in einem einfachen Heben der Hand, vergleichbar einem Flügelschlag. Auf diese Weise grüßte uns auch Tarlao, der zu unserer Rechten aus dem schattigen Viereck seiner Schilfhütte getreten war und nun groß und einsam auf seinem winzigen Inselchen stand. Abgesehen vom schrillen Kreischen der Möwen sollten wir nun für viele Meilen keinen Ton und keinen Ruf mehr zu hören bekommen.

Am Ende des von Ulmen und Tamerisken gesäumten Taglio Nuovo nahm die Helligkeit vor uns zu; und beinahe im Gegenlicht erschien die Insel Anfora. Aber erst als wir die beiden Hütten auf Safon zu unserer Rechten zurückgelassen hatten, waren ganz deutlich die Dalben zu sehen, die die Hafeneinfahrt markierten. Wir fuhren hinein, um anzulegen und etwas zu essen, denn es war bereits später Nachmittag, es wehte bereits ein sanfter Maestral. Ich erkannte sofort, dass das Boot, das hinter der kleinen Mole lag, Rodolfo gehörte, Toscas Gatten. Die Insel schien jedoch völlig ausgestorben zu sein.

Das war merkwürdig, denn die Tür zu dem Restaurant mit den bescheidenen Möbeln, die absurderweise sorgsam aufgeräumt waren, stand weit offen. Ich rief, aber niemand antwortete. Da fiel mir Valentino ein, der allein in einem kleinen Häuschen gleich daneben wohnte. Aber nicht einmal er war da.

Das bedeutete, dass der Sommer wirklich zu Ende war.

Wir aßen das Obst, das wir mitgenommen hatten und tranken dazu ein paar Schluck Wein. Auch er wollte trinken, obwohl ihm sein Magengeschwür schwer zu schaffen machte. Er fühlte sich wohl. Er lächelte und begann zu reden. Er räkelte sich und sagte: „Hier werde ich Medea drehen!"

Nachdem ich den Dieselmotor wieder angelassen, die Einspritzpumpe runtergedreht und nachgesehen hatte, ob Wasser aus dem Auspuffrohr lief, fuhren wir weiter. Wir wollten über das offene Meer nach Grado zurückfahren.

Am Ende des Porto-Buso-Kanals, gleich nach dem Canale Foraneo, nahm ich Kurs in Richtung Osten, an den Sanddünen des Banco d'Orio vorbei. Grado, das noch sehr weit entfernt war, tauchte langsam aus dem Dunst auf. Immer, wenn ich den Kurs änderte, verschwand es für kurze Zeit, aber wenn man den Blick über den Horizont schweifen ließ, entdeckte man aufs Neue seine Umrisse. Als wir den Landesteg an der Schiusa erreichten, war es bereits dunkel.

Im Jahr darauf kehrte er zum festgelegten Termin zurück, um Drehorte zu suchen. Und seine endgültige Entscheidung fiel auf die Insel Safon und die Mündung der Aussa.

Am äußersten Rand der Lagune, wo der Wind vom Festland und die Gezeiten den Duft der Knospen mit dem Aroma der Meeresalgen vermischen, genau dort, auf der rechten Seite, wo der Fluss endgültig die grasbewachsenen Dämme verlässt, hatte sich im Frühling dieses Jahres – aufgrund irgendwelcher geheimer Vorgänge – ein ungewöhnlicher Strand gebildet, und die Klüfte, die die Julihitze dort aufgerissen hatte, ließen ihn aussehen wie eine Mondlandschaft. Eine Tamariskenhecke trennte ihn vom bereits salzigen Wasser der Lagune; und gleich daneben, nur zwei Ruderschläge entfernt, standen zwei verlassene Hütten, vor denen wie achtlos hingeworfene Fischereigeräte lagen.

Keine Spur von Leben. Genau der zeitlose Ort, den er gesucht hatte. Mythisch und realistisch zugleich. Der Wohnort des Zentauren.

Die Bauten für die Außenaufnahmen waren schnell errichtet, und Anfang Juli kam Medea. Sie war genauso, wie er sie mir beschrieben hatte. Einfach und freundlich. In gewisser Hinsicht besaß sie auch einen untrüglichen Instinkt, der ihr etwas – wie soll ich sagen – Urwüchsiges verlieh. Mit einem Wort, sie war eine echte Frau.

Und außerdem war sie schön.

Wenn sie von der Arbeit sprach, weiteten sich ihre Pupillen und ihr Gesicht wurde von einer Röte überzogen, die ich nur als religiös bezeichnen könnte. Auch wenn in der Hitze des Gesprächs bereits der gutturale – fast unmenschliche – Klang ihrer Stimme hörbar wurde.

Sie war hochmütig, aber seine sanfte Art entwaffnete sie. Die Gegensätze standen einander gegenüber. Aber ohne Argwohn. Er bewunderte sie, und er fühlte sich auch von dem barbarischen Zauber angezogen, der von ihr ausging.

Wir wurden sofort Freunde, wenn nicht sogar Komplizen. Denn sie wartete geradezu auf Vertraulichkeiten, forderte sie ein. Und das wusste er. Unsere Freundschaft beruhte auf der Zuneigung, die wir beide für ihn empfanden.

Während der Dreharbeiten fuhr ich sie jeden Tag zum Set an der Mündung der Aussa. Zwölf Seemeilen unter einer gnadenlosen Sonne. Sie hatte mich darum gebeten, denn sie wollte beizeiten ihr Kostüm tragen, um darin zu „leben", wie sie sagte. Unter dem Sonnensegel meiner „Istambul" hatten wir dann Gelegenheit, uns Fragen zu stellen und uns zu unterhalten, ohne von indiskreten Ohren belauscht zu werden. Wie sie geschminkt und im Kostüm Medeas, mit Schleiern und schweren Ketten mitten in dieser archaischen Landschaft stand, wirkte sie zugleich heilig und natürlich. Ich betrachtete sie ungläubig und – wie ich zugeben muss – auch ein wenig belustigt, und ich hätte sie noch länger betrachtet, wenn ich nicht die Aufgabe gehabt hätte, pünktlich am Drehort zu erscheinen. Das hatte sie sich ausbedungen, in aller Strenge. Und obwohl ich jedes Rucken meines Bootes zu deuten wusste, kontrollierte ich immer wieder, ob auch alles in Ordnung war. Wie auch sonst übrigens. Ich hatte es mir schon zur Gewohnheit gemacht, mich bei der Abfahrt über das Heck zu beugen, um einen Blick auf den Auspuff zu werfen. Wenn er abkühlte, machte er nämlich immer Probleme.

Eines Tages stieg auf einer dieser Überfahrten Rauch aus der bereits stark erhitzten Motorhaube auf, was ungewöhnlich war und was ich mir zuerst gar nicht erklären konnte. Und obwohl ich so tat, als ob ich dem Umstand gar keine Bedeutung beimessen würde, wies sie mich beinahe mit Expertenmiene darauf hin. Ich spielte die Sache herunter. Erstens, weil ich die Geschwindigkeit nicht drosseln wollte, und zweitens, weil ich keine Lust hatte, die Motorhaube zu öffnen. Natürlich pflichtete ich ihr bei, dass man der Sache auf den Grund gehen müsse. Und um sie zu beruhigen, ließ ich mir eine Erklärung einfallen, die zwar irgendwie logisch klang, meine insgeheime Angst jedoch nicht zu beschwichtigen vermochte. Ich sagte zu ihr, dass der Rauch nur von dem Asbestmantel stammen konnte, der den Kollektor umgab. Wahrscheinlich waren beim Tanken ein paar Tropfen Benzin auf den Schutzmantel des Auspuffs gefallen. Diese theoretische Erklärung stellte uns beide zufrieden, obwohl der Rauch immer dichter wurde.

Als wir am Set ankamen, war es drei Uhr nachmittags. Er wartete schon auf sie und half ihr lächelnd beim Aussteigen.

An diesem Tag wurde erst bei Sonnenuntergang gedreht. Zu spät für mich. Ich verabschiedete mich von den Freunden und kehrte nach Grado zurück.

Ich war erleichtert, dass die Überfahrt doch noch glatt gegangen war. Aber der Rauch bereitete mir noch immer Kopfzerbrechen. Er wurde einfach nicht weniger, und das konnte nur bedeuten, dass etwas brannte. Ich war unentschlosen. Aus Erfahrung wusste ich, dass es am besten war, alles so zu lassen, wie es war und allenfalls die Geschwindigkeit zu drosseln. Aber ich konnte der Versuchung nicht widerstehen. Um nicht allzuviel aufs Spiel zu setzen, wartete ich, bis ich in den Taglio Nuovo eingebogen war. Als ich eine Stelle erreicht hatte, wo der Kanal nicht mehr als zwanzig Meter breit ist, hob ich entschlossen die Motorhaube. Die Flammen schlugen mir so heftig entgegen, dass mir der Atem stockte. Ich versuchte das Feuer mit Kissen zu ersticken, die in Griffweite waren, aber es war mir augenblicklich bewusst, dass das Boot verloren war. Da zog in einem Augenblick – erst jetzt sehe ich alles in Zeitlupe – der ganze Tag oder das ganze Leben an mir vorbei.

Ich hatte sogar noch Zeit, meine eigene Sturheit zu verfluchen. Dann, wie in einem Traum im Traum, fiel mir Medea ein. Zum Glück war sie in Sicherheit!

Und wenn sie nach ihrem Verrat an Euripides auf einem Scheiterhaufen verbrannt wäre, womit sie die geheime Idee des Regisseurs vorweggenommen hätte? Ich weiß nicht, welche Gedanken mir in diesem Augenblick der Bedrängnis und der „Tragödie“ durch den Kopf schossen.

Ganz sicher hörte ich in mir die wohlbekannten Worte: „Alles, was Mythos ist, ist realistisch, und alles was realistisch ist, ist mythisch.“ Wahrscheinlich hatte ich sie sogar hinausgebrüllt, während ich mit dem Kissen den Brand zu löschen versuchte.

Medea? Ich hätte sie über Bord werfen müssen. Und dann? Ich hätte zusehen müssen, wie sie mit ihren schweren Ketten, ihrer Tunika, den vielen Kleidern, dem Diadem, den Gemmen, dem Goldschmuck untergegangen wäre. Und wie hätte die Welt die Nachricht aufgenommen? Ich sah die Schlagzeilen der Zeitungen vor mir: die Unterstellungen, der Spott, die Trauer. Und die Häme, die mir gegolten hätte. Auch daran dachte ich: Und ich weiß nicht, ob ich dabei lachte oder weinte vor Wut.

Ich war schon sehr erschöpft, als ein heftiger Stoß mich aus dem Gleichgewicht brachte. Ich wartete auf die endgültige Explosion, auf die Katastrophe, auf das Ende von allem. Aber stattdessen geschah eine Art Wunder: eine weiße Wolke senkte sich auf das

Schiff herab und ließ die Szene aussehen wie eine Darstellung auf einer Votivtafel. Als die Flammen gelöscht waren, tauchte allerdings nicht die Muttergottes auf, sondern das Gesicht meines Freundes Rodolfo.

Die Zeit blieb einen Augenblick lang stehen. Dann ging alles wieder seinen gewohnten Gang.

Noch heute sehe ich sein gebräuntes Gesicht vor mir, seine lachenden und besorgten Augen, seine Hand, die den Feuerlöscher hielt wie eine göttliche Waffe.

Ich hatte ganz darauf vergessen, dass ich ihn in weiser Voraussicht gebeten hatte, mir bei allen meinen Überfahrten mit Medea zu folgen. Überallhin. Sowohl auf offener See als auch in der Lagune. Ich hatte darauf vergessen, weil er bei der Erledigung seiner Aufgabe so diskret gewesen war und weil seine Anwesenheit – wie man gesehen hat – so „kostbar" war.

Heute kennen nur noch wir zwei das Geheimnis.

Schirokko

Auf der Höhe von Punta Salvore konnte man den Schornstein von Umag bereits mit bloßem Auge erkennen.

Es war ein wunderbarer Tag. Einer jener Julitage, die einen für alle Winternebel und für alle unzeitigen Sommerregen entschädigen. Und es war bereits später Mittag. Bald würde der Maestral anheben. Ein alltägliches, bescheidenes, sich in alle Ewigkeit wiederholendes Ereignis, als würde ein kindlicher Gott in Form eines launischen Windes erscheinen. Tatsächlich wurde der Ostwind immer schwächer, je mehr die Sonne am Horizont emporstieg, und das flatternde Band am Baum, das ihn sichtbar machte, hörte allmählich auf zu knattern. Erst jetzt fiel einem auf, dass die Sonne vom Himmel brannte oder dass es drückend heiß war; aber nur ganz kurz, denn zur Rechten lief ein Schauer über die Wasseroberfläche und das Kobaltblau des Meeresgrundes verdunkelte sich. Es war ein kräftiger Maestral, der in Form vereinzelter Windstöße die Oberfläche des Meeres kräuselte.

Nicola hisste das Großsegel, kam in die Kabine zurück, schlug das Logbuch auf und schrieb: „13 Uhr 10, Großsegel auf der Höhe des Leuchtturms von Salvore gesetzt. Maestral. Gleichmäßig. Druck 970 Millibar. Fahrtgeschwindigkeit 7 Knoten. Öldruck 4. Temperatur 60° (Instrument muss kontrolliert werden).“

Dann zündete er sich eine Zigarette an, nahm das Fernglas und erblickte einen kleinen Tanker.

„Jugoslawisch“, sagte er.

Die Sonne ging schon beinahe unter, als wir in den Limski-Kanal einfuhren: ein Einschnitt, der fünf, sechs Meilen in die istrische Halbinsel hineinragt. Ein düsterer, urwüchsiger und völlig menschenleerer Ort. Der Fjord – denn es handelt sich wirklich um einen Fjord – wird zu beiden Seiten von Abhängen gesäumt, auf denen Eichen wachsen. Im Sommer ist er ein idealer Zufluchtsort. Ungefähr dreißig Meter vom Ufer entfernt warfen wir den Anker aus und fuhren dann im Rückwärtsgang Richtung Wald. Wir peilten zwei Zementpfosten an, die früher einmal vielleicht zu einer improvisierten Mole gehört hatten. Aber gleich daneben – und das war der Grund, warum wir uns in dieser Einöde für diesen Anlegeplatz entschieden hatten – war ein Fischerboot vertäut. Sein Name war kaum noch zu lesen: „Siroko". Das Boot war einheitlich grau gestrichen, als ob seine Besitzer es gerade mal vor dem Verfall hatten beschützen wollen: allerdings umsonst, wie es schien, denn es war schon sehr heruntergekommen. Eine Kabinentür stand offen und dahinter sah man eine aufgeklappte Luke.

Aber für uns zählte nur, dass es ein sicherer Anlegeplatz war. Das Fischerboot hatte nicht nur einen Heckanker, sondern war außerdem am Bug mit zwei weit auseinderstehenden Tauen befestigt. Mehr konnte man gar nicht verlangen. Wir fuhren längsseits heran und hängten die Fender über die Bootswand.

Wenn man nach vielen Stunden auf dem Meer in einem Hafen anlegt, überkommt einen immer ein merkwürdiges Gefühl der Entspannung. Man hat Lust, etwas zu trinken, eine Zigarette zu rauchen, sich umzublicken. Und dabei gibt man vielleicht hin und wieder einen zutiefst zufriedenen Seufzer von sich. Aber gleich darauf wirft man einen Blick auf den Motor. Das ist bloß eine liebevolle Geste, wie wenn man nach dem Ritt das Pferd streichelt. Ein Boot ist bekanntermaßen kein Serienprodukt wie ein Auto, und wie jedes Individuum hat es Tugenden und Laster. Aber ein Boot hat auch seine Geheimnisse. Ja, es hat sogar viele Geheimnisse. Deshalb muss man unterwegs immer auf verdächtige Schwingungen hinhorchen – und sie wenn möglich beseitigen – und die Dinge aus nächster Nähe überprüfen. Das Bilgewasser vor allem – da unten wohnen nämlich die Geister – und dann den Funk, das Barometer, den Öldruck, die Temperatur des Öls und – wenn man ganz vorsichtig sein will – sogar den Drehverschluss der Taue. Mit einem Wort, selbst bei ausgezeichneten Bedingungen kann man nie ganz entspannt sein. In diesem Augenblick, längsseits der „Siroko", war ich allerdings völlig entspannt.

Die Entscheidung, nur zu zweit loszusegeln, hatten wir beinahe im Zorn getroffen: einerseits, weil es immer schwierig ist, eine gut eingespielte und tüchtige Mannschaft zusammenzustellen, und andererseits, weil der Wunsch, endlich einmal Ruhe zu haben, über alle Gepflogenheiten und auch – sagen wir es ruhig – über die Vernunft gesiegt hatte. Und nicht zuletzt aus dem einfachen Grund, weil man die Gelegenheit beim Schopf packen muss, wenn endlich einmal schönes Wetter ist. Vor allem im Juli.

So war es jedenfalls gelaufen.

Nicola kannte das Boot in- und auswendig. Er fand immer alles, was er brauchte. Was nicht wenig ist. Aber er verstand es auch, sich die ruhigsten Plätzchen auszusuchen, und deshalb schlief er in der Kabine am Bug. Ich vorsichtigerweise in der Kabine an Deck. Seitdem ich einmal miterlebt hatte, wie sich während eines nächtlichen Gewitters der Anker losriss und ich abgetrieben wurde, hielt ich es für klüger, die Dinge stets im Auge zu behalten. Und außerdem ist es immer wieder ein Genuss, in einem großen quadratischen Bett zu schlafen, den Geruch des lackierten Mahagoni einzuatmen und durch die Bullaugen die Sterne in allen vier Himmelsrichtungen zu sehen. Wer es einmal ausprobiert hat, wird es verstehen. Am Morgen, während Nicola noch träumte, machte ich Kaffee.

Aber das Meer ist nicht immer so idyllisch, im Gegenteil, oft macht es einem Angst; wenn ihm danach ist, verwandelt es dich in einen Wind und Wetter ausgelieferten Holzsplitter; und dann bist du gar nichts mehr, dann bleibt dir nichts mehr übrig als die Zähne zusammenzubeißen und zu hoffen.

Die Fahrt durch die Kvarner Bucht wird mir ein Leben lang in Erinnerung bleiben.

Als ich den unverzeihlichen Leichtsinn beging, aus dem Hafen von Lošinj auszulaufen, ließ der Maestral auf sich warten. Ich wusste, dass das kein gutes Zeichen war, ließ mich aber dennoch vom strahlend blauen Himmel täuschen. Er war glasklar wie an einem strahlenden Hochsommertag, nicht einmal am Horizont war ein Dunststreifen zu sehen wie sonst. Dann kam plötzlich ein leichter Schirokko auf. Das war die zweite Warnung. Aber ich ließ mich von dem Wind täuschen, der das Besansegel prächtig blähte, und hielt an meinem Irrtum fest. Der Motor schnurrte bei zehn Knoten in der Stunde. Ich rechnete mir aus, wie lange die Überfahrt dauern würde, und beschloss, das Risiko einzugehen. Mit dem Wind im Rücken würde ich es in drei Stunden schaffen, denn im Sommer ist es fast ausgeschlossen, dass bei heiterem Wetter so schnell ein Sturm aufzieht. Für gewöhnlich gab es irgendein Anzeichen, eine deutlichere Warnung, irgendein neues Detail am Horizont. Oder einen plötzlichen Abfall des Luftdrucks. Der Luftdruck war jedoch sehr hoch.

Dennoch brach in kürzester Zeit das Inferno los.

Bis zur Gagliola-Klippe – dem Punkt, nach dem es keine Umkehr mehr gibt – war alles ganz normal, auch der Schirokko wurde rasch stärker. Und je steifer die Brise wurde, desto schneller flitzte unser Boot dahin. Und es wäre sogar aufregend gewesen, wenn eine leichte Unruhe mich nicht in ständiger Alarmbereitschaft gehalten hätte. Aber dann verwandelte sich die Sorge, beziehungsweise die Ahnung, dass irgendetwas geschehen würde, in Panik. Und schon passierte, was ich befürchtet hatte; und zwar so plötzlich, dass niemand die Möglichkeit hatte nachzudenken, zu jammern oder auch nur zur Kenntnis zu nehmen, was vor sich ging. Wir hatten gerade noch die Zeit, die Segel zu streichen. Und das war fürs erste unsere Rettung.

Für gewöhnlich wird ein Windstoß von plötzlicher Windstille angekündigt: einer Windstille, die bis zu zehn oder zwanzig Minuten dauern kann. Aber wenn der Schirokko plötzlich in Tramontanaböen übergeht, bricht das Inferno los.

Innerhalb eines Augenblicks befanden wir uns mitten im Chaos.

Ich klammerte mich an das Steuerrad, allerdings eher, um mich auf den Beinen zu halten, als um das Boot zu lenken, das von den

Wellen wie von den kräftigen Stößen eines Widders hin- und hergeworfen wurde. Das Wasser stieg an der Seitenwand, verwandelte sich in Gischt und beschlug die Scheiben der Kabine, und die Angst vor der nächsten Welle steigerte sich ins Unermessliche. Und da war sie auch schon, bäumte sich auf und brach sich schäumend an Deck. Ich hatte keine andere Wahl. Um weiterzukommen, musste ich schräg zu den Wellen fahren. Und dabei spürte ich ihren Druck auf das Steuer wie eine ungeheure Kraft.

Ohne Kompass wären wir verloren gewesen. Wie gebannt starrte ich auf die dreihundertfünfzig Grad. Das war unser Kurs, und wenn wir auch nur eine Spur von ihm abwichen, würden wir auf den Klippen landen. Noch dazu hatte es heftig zu regnen begonnen, was die Windböen zwar etwas abschwächte, mir jedoch völlig die Sicht raubte. Und während ich irgendwie weiterfuhr, keimte in mir insgeheim ein Verdacht auf. Und er war so schrecklich, dass ich ihn gar nicht zu äußern wagte.

In dem Augenblick, als das Inferno losgebrochen war und meine Gefährten das Segel gestrichen hatten, hatte ich unter mir, im Motorraum einen Knall gehört, der so laut war wie ein Gewehrschuss. Vielleicht eine geborstene Manschette, ein gerissener Riemen ... Was auch immer es war, es hatte gar keinen Sinn, darüber nachzudenken, denn bei diesem Seegang wäre es völlig unmöglich gewesen, den Motor zu reparieren. Andererseits, wenn sich mein Verdacht bestätigt hätte, hätte sich die Katastrophe schon längst ereignen müssen. Wir kämpften aber nun schon seit einer geraumen Stunde mit dem Meer. Alles hing davon ab, ob der alte Deutz mitmachte, denn ich hatte beschlossen, alles auf eine Karte zu setzen, und den Gashebel auf höchste Drehzahl gestellt. Alles was wir tun konnten, war, den Kurs beizubehalten. Was den Rest anbelangte, lag unser Schicksal in den Händen des Herrn.

Aber der Verdacht ließ mich einfach nicht los, und schön langsam sah ich einen Lichtstrahl am Ende des Tunnels.

Ich erinnerte mich, dass ich vor der Abfahrt einen Kühler installieren hatte lassen, der mit einem Gurt an der Motorwelle befestigt worden war. Ich war kein Experte bei Motoren, im Gegenteil, ich verstand recht wenig davon. Aber nach so vielen Jahren war ich durchaus imstande, jedes unregelmäßige Geräusch zu hören, auch wenn es noch so leise war. Und ein fünfzig Jahre alter Dieselmotor ist eine unerschöpfliche Geräuschquelle, vergleichbar nur mit einem großen und unvorhersehbaren Orchester. Aus dieser harmonischen und letzten Endes beruhigenden Hintergrundmusik konnte ich die „Ersatzsystole" eines unrein laufenden Schwinghebels heraushören. Allerdings hatte ich nicht die geringste Ahnung, was ich dagegen hätte tun sollen. Der heftige Knall ließ darauf schließen, dass das provisorisch befestigte Teil aus seiner Verankerung gerissen worden war. Es war einfach zuviel am Motor herumgepfuscht worden; immerhin hatte ich mich selbst gefragt, ob die Motorwelle das Gewicht aushalten würde.

Nervenstärke und ein wenig Glück: das war alles, was ich mir wünschte. Ich hatte fünf Freunde an Bord – die alle etwas von der Sache verstanden – und alle schwiegen. Ein paar beteten sogar. Die drei Stunden, eine halbe Ewigkeit, waren schon lange vorbei, da tauchte bugwärts etwas auf, was mir auf den ersten Blick wie eine Wolke erschien oder wie der Umriss einer Düne, obwohl das sehr unwahrscheinlich war. Bei prasselndem Regen gingen Meer und Himmel dann wieder ineinander über, und die Trennlinie, die vielleicht der Horizont gewesen war, löste sich in der Gischt auf, die immer wieder gegen die Scheiben der Kabine schlug. Auch die Linsen des Fernrohrs schienen beschlagen zu sein, denn alles vor mir war grau und eintönig. Aber dann war es einen Augenblick lang, als ob sich ein Wattevorhang heben würde. Es wurde hell, und dann wurde es an den Rändern dessen, das aussah wie eine Bühne, wieder dunkel. In diesem Augenblick zeichnete sich zur Linken eine Form ab, die entweder ein Kilometerstein oder ein Campanile war. Erst als ich durch einen dichten Dunstschleier hindurch ein Leuchtfeuer blinken sah, war ich mir sicher, dass es sich nicht um eine Fata Morgana, sondern um einen Leuchtturm handelte, der sich an der Einfahrt einer Bucht befand. Sie war der einzige Zufluchtsort, den wir vor Einbruch der Nacht erreichen konnten, und wir fuhren in sie hinein.

Das Wasser war so klar, dass man am Meeresboden sogar den tabakfarbenen Flaum auf dem eingerollten Tau erkennen konnte, das so steif war, als wäre es aus Stahl. Ein Seebarsch stand unbeweglich auf halber Höhe. Langsam setzte er sich in Bewegung und folgte dem Umriss des Schattens, den das Fischerboot warf. Hinter dem Kiel tauchte ein Schwarm kleiner goldfarbener Fische auf, lauter winzige Striche, die miteinander eine Wolke bildeten, sich bewegten wie ein einziger Körper, oder als ob sie sich ganz genau an die Kommandos eines Anführers hielten. Als der Seebarsch aus dem Schatten auftauchte, änderte der Schwarm blitzartig die Richtung. Die Unterwasserlandschaft lag wieder schweigend da.

„Ich hole euch erst morgen raus", sagte Nicola zu den Fischen, „heute abend ist das Abendessen schon fertig."

Aus alter Gewohnheit gingen wir bald schlafen. Davor tranken wir aber noch einen Kaffee, rauchten eine Zigarette, unterhielten uns über unsere Geschäfte, über die Reise, über die Arbeiten, die zu erledigen waren. Ich streckte mich auf der Bank am Heck aus, mit einem Fender als Kissen. Nicola plauderte im Stehen weiter, an die Kabine gelehnt.

Wir wohnten nur ein paar Kilometer voneinander entfernt, allerdings in zwei völlig unterschiedlichen Welten. Ich hockte inmitten der Felder und er lebte zurückgezogen auf einer Insel. Einer Insel, die trotz der unvermeidlichen Beziehungen zum Festland eine Welt für sich geblieben war, mit eigenen Gesetzen, engen familiären Bindungen und einer mündlich weitergegebenen Geschichte. Und zwar in einem unverwechselbaren Dialekt. Nicola behauptete sogar, dass es sich dabei um eine eigene Sprache handelte. Aber egal, ob es nun eine Sprache oder ein Dialekt war, ich bat ihn jedenfalls jeden Abend, mir Geschichten von seiner Insel zu erzählen, in seiner Mundart selbstverständlich. Seine Beschreibung von Sandbänken, von „mote" und „corcali" – kleinen Inselchen und Möwen –, von Prozessionen und Schiffbrüchen, erweckte derart deutliche Vorstellungen, dass vor meinem inneren Auge Bilder entstanden, von denen ich glaubte, sie geträumt oder als Kind auf alten vergilbten Postkarten gesehen zu haben.

Auf diese Weise hielt er mich wach.

Später jedoch zwang uns die sakrale Atmosphäre des Ortes, an dem wir uns befanden, zu schweigen. Im Fjord war es derart dunkel, dass mir die Lampe an der Spitze des Mastes so weit entfernt zu sein schien wie ein Stern. Hin und wieder hörte man ein Geräusch aus dem Wald: ein fallendes Blatt, einen knisternden Zweig oder das dumpfe Aufklatschen einer Eichel. Ich beschloss, ins Bett zu gehen, aber Nicola blieb noch an Deck, um „eine letzte Zigarette zu rauchen". In Wirklichkeit dachte er jedoch an den Engel auf dem Campanile in Grado, mit seinem goldenen Schopf, dem ausgestreckten Arm und dem leicht gehobenen Fuß, als ob er gleich davonfliegen wollte. Dann seufzte er, um nicht sentimental zu werden, und sagte ein paar Verse in seinem Dialekt auf.

Co belo che sarave
catase 'ncora mamuli
sul rio a ciapà pissi
co le man riando
e nui schisà co i pie su le lame ...

(Wie schön wäre es,
noch einmal Kind zu sein,
am Fluss mit den Händen
Fische zu fangen,
lachend, und barfuß
über den Sand zu laufen ...)

Nicola war fünfzig Jahre alt. Er liebte seine Insel, und kaum war er fort, bekam er Heimweh.

Vor dem Einschlafen verfolgte ich am Bug noch seine letzten Schritte. Ich hörte, wie er die Luke öffnete und dann langsam wieder schloss. Aber nur zur Hälfte.

Am Morgen darauf ließ ich ihn schlafen. Ich hatte natürlich meine Gewohnheiten, meinen Rhythmus und, wie alle anderen auch, meine Marotten. Zu Hause sammelte ich gleich nach dem

Aufstehen, wenn die Amseln zu zwitschern begannen, die Blätter auf der Wiese ein. Auf dem Boot wischte ich um diese Zeit den Tau auf.

An diesem Morgen beschloss ich, das Fischerboot zu besichtigen, an das wir angedockt hatten. In gewisser Hinsicht war es unserem Boot sehr ähnlich. Etwas kürzer vielleicht, aber die Bauweise, die Ausmaße der Kajüte und die Höhe des toten Werks waren nahezu identisch. Das Deck war gestrichen, aber man konnte trotzdem sehen, dass es aus Eichenholz war. Und die Eiche stammte aus den Bergen: kompakt, enge Maserung, wenig Weiß. Ein Monat in der Werft, und es wäre wieder ein schönes Boot geworden. Wie schade, dass man es hier in der Einöde verrotten ließ. Ich stellte fest, dass es eine Trennlinie zwischen dem Teil gab, der in der Sonne lag, und jenem, der sich im Schatten befand. Das bedeutete, dass es immer hier vor Anker gelegen hatte.

Ohne Einrichtung wirkte die Kabine sogar noch größer. Die einzigen Möbel hier waren eine Konsole neben dem Steuer, und darunter, auf der Höhe der Schotten, ein kleiner, in die Wand eingelassener Schrank mit zwei Türen. Mitten auf dem Deck hingegen befand sich eine Luke, die zum Motorraum führte.

Die Maschine war völlig verrostet. Und dem Aussehen der Zylinderköpfe nach zu schließen, war der Motor zwar einmal gewartet worden, aus irgendeinem Grund war die Arbeit jedoch plötzlich unterbrochen worden. In der Bilge lagen nämlich ein großer Hammer, ein Dreißigerschlüssel, ein Schraubenzieher und zwei oder drei Bolzen zum Fixieren der Schwinghebel herum. Aber das deutlichste Zeichen der Verwahrlosung waren die Glassplitter, auf denen bereits jemand, der vor mir an Bord gekommen war, herumgetreten war, entweder weil er genauso neugierig war oder weil er etwas davontragen wollte, was vielleicht noch zu gebrauchen war. Das Armaturenbrett, das so breit war, dass sich darauf höchstwahrscheinlich alle notwendigen Geräte befunden hatten, schien nämlich mit irgendeinem primitiven Werkzeug aufgebrochen worden zu sein. Das einzige noch unversehrte Teil war der kleine Schrank neben dem Steuer. Das machte mich neugierig. Ich war schon versucht, ihn ebenfalls aufzubrechen, aber dann überlegte ich es mir anders. Ich verließ die Kajüte mit einem Gefühl des Ekels und auch der Trauer, bei dem Gedanken an die Begeisterung, die Leidenschaften, die Freude und auch die Tragödien, die sich vielleicht auf diesem Boot abgespielt hatten und von denen es hätte erzählen können.

Selbst für einen Fischer ist ein Boot niemals nur ein reines Arbeitsgerät, sondern immer auch ein Teil von ihm selbst. Wenn er in den Hafen zurückkehrt, versorgt er es wie ein lebendiges Wesen. Am Morgen darauf sieht er nach, ob alles an seinem Platz ist, er bedeckt die Spanten an Deck, befeuchtet sie, und in den Stunden der größten Hitze bedeckt er sie mit Zeltplanen, die er dann bei Sonnenuntergang faltet, um sie vor dem Tau zu schützen. Mit einem Wort, das Schiff ist die Fortsetzung jener geheimnisvollen, tief in uns verborgenen Tätigkeit, die die „Reise", die Entdeckung des Unbekannten darstellt. Und oft ist diese Reise auch eine Herausforderung oder eine Regression. Zum Beispiel für jemanden wie mich, der nicht schwimmen kann.

Vielleicht fällt mir im Traum das Schwimmen deshalb so überraschend leicht, weil ich die Gefühle noch einmal leben will, die ich bei meiner Geburt vergessen habe.

Aber ich träume auch davon, dass ich nachts in einem unbekannten Hafen Zuflucht suchen muss. Das Meer tobt. Es gibt keine Möglichkeit, irgendwo anzulegen, und jedes Manöver stellt eine unüberwindliche Hürde dar. Da drehe ich den Bug in den Wind und warte in der Reede mit laufendem Motor. Oder ich fahre über einen Fluss, den ich noch nie in meinem Leben gesehen habe. Zuerst wird er von grünen Dämmen gesäumt, auf denen Schilf und Tamerisken wachsen; dann zur Mündung hin wird der Fluss so schmal, bis er nur noch ein Graben ist. Dennoch läuft das Schiff nicht auf, es fährt weiter und gelangt in ein Gebiet, wo es am Horizont bereits dunkel, also schon Abend ist. Ich sehe die Lagune vor mir, aber ich kann die Kanäle nicht erkennen, die in sie münden. Es gibt keine Dalben, ich sehe nur, wie auf der Wasseroberfläche die Blätter meiner Wiese treiben ...

Als ich auf unser Boot zurückkehrte, war Nicola schon wach. Ich hörte, dass er an dem Motor des Autoklaven herumfingerte, der sich unter seinem Bett befand. In der Nacht machte er ihn immer aus, weil er „das Leben genießen" wollte.

Als er zum Tisch am Heck kam, schwappte der Kaffee bereits aus der Kaffeemaschine. Er nahm sich ein paar Kekse und Milch und setzte sich neben mich. „Gut geschlafen?", fragte er. „Ich habe geträumt, dass der Engel vom Campanile gestürzt ist", fügte er hinzu. Diesen Traum hatte er immer wieder. Dann, nach einem kleinen nervösen Lachen, mit dem er in gewisser Weise den Traum vertreiben wollte, der nichts Gutes verhieß, widmete er sich seinen Keksen. Wir hatten immer eine ordentliche Menge davon mit. Und während ich an meinem Kaffee nippte, erzählte ich ihm, dass ich die Široko besichtigt hatte.

„Schönes Boot", sagte Nicola, „sieht aus, als ob sie in einer unserer Werften gebaut worden wäre." Und er zündete sich die erste Zigarette an.

Der Ostwind machte sich bemerkbar. Ich holte mir einen Wollpullover, und einen Augenblick lang blieb ich stehen, um einen Blick auf die Seekarte der dalmatinischen Küste zu werfen. Es hat mir immer großen Spaß gemacht, in Gedanken über die Karte zu schiffen, mir Routen auszudenken, mir zu überlegen, wo man anlegen könnte und welche Entfernungen man dabei zurücklegen müsste. Es ist, als würde man die Welt von einer Wolke aus sehen, um dann in einem Schifferhandbuch die Details unter einem riesigen Vergrößerungsglas zu überprüfen. Was ursprünglich nur ein Pünktchen oder ein winziges Zeichen gewesen war, entpuppte sich als Campanile, als Festung, als Umriss einer Klippe oder einer Boje, die eine Untiefe markierte. In diesem Augenblick fiel mir dann immer – ohne dass ich wusste, warum – Albuin ein, der ewig lang durch Wälder, über finstere Hügel und durch kleine, frisch ausgesäte Weizenfelder gestreift war, um dann plötzlich vom Gipfel des Nanos aus das blendende Licht des Golfs von Triest unter sich zu sehen.

Ich berechnete gerade mithilfe des Kompasses, wie viele Meilen uns von der Insel Cres trennten, als Nicola hereinkam. Er hatte ein großes Heft in der Hand und ein paar Blätter Papier, die infolge der Feuchtigkeit zusammengeklebt waren. „Jetzt lüften wir das Geheimnis der Široko“, sagte er lachend. Und er erzählte mir, dass er ebenfalls auf dem Fischerboot gewesen war und in einem Versteck etwas gefunden hatte, was seiner Meinung nach nur das alte Logbuch sein konnte. Er schlug es vorsichtig auf, dort, wo die Seiten nicht zusammenklebten. Es war mit Bleistift beschrieben, aber die Worte waren unleserlich, denn die Anilinfarbe – sofern es überhaupt eine war – war wegen der Feuchtigkeit verblasst. Ich gab ihm den Ratschlag, die Blätter, die aufgrund ihres Formats alle aus demselben Heft zu stammen schienen, einzeln in die Sonne zu legen. Aber ich täuschte mich, denn die Schrift war ganz anders: winzig klein, regelmäßig und sehr schräg. Und noch dazu waren die Seiten mit Füllfeder beschrieben, und die Tinte war ebenfalls verblasst. Ich ging in die Kajüte, um meine Brille zu holen. Als ich zurückkam, buchstabierte Nicola bereits ...

Pe' i rasi ... 'ndevo
in serca de le stele ...

(Durch die Tümpel ging ich
auf der Suche nach Sternen ...)

„Das ist ja Gradeser Dialekt“, sagte er dann. Und dann in seiner Mundart: „Noltri semo duti poeti.“ („Wir sind alle Dichter.“) Und so stellten wir zu unserem großen Erstaunen fest, dass es sich um Gedichte in der Mundart seiner Insel handelte.

Wer hatte sie wohl geschrieben? Das fragten wir uns, ohne die Frage offen auszusprechen. Der Kapitän der Široko? Ein Seemann? Oder ein zufälliger Passagier?

„Ich kenne diese Verse“, sagte Nicola mit Kennermiene, „sie können nur von ihm sein ...“

Pe' i rasi 'ndevo
in serca de le stele
sognando sieli
verti a le gno vele.

....
....
Intanto i destueva
le luse su la riva
e me piansevo
mamoleto a la deriva.

(Durch die Tümpel ging ich
auf der Suche nach Sternen
und träumte von dem,
was möglich wäre.
....
....
Derweil verlöschten
Die Lichter am Ufer,
und ich weinte,
ein Kind ohne Ziel.)

Mit einem nervösen Lachen versuchte er die Aufregung zu unterdrücken: Dann fuhr er fort zu lesen:

Co 'na bava dolse de setembre
solo volaravo sta co la prova al vento
a veghe passà i nuoli in sielo
e magari sintì garghe sigo de corcal apena …
Sintirè i basi de le ole soto chiglia
che me ricorda i trovi,
i basi tovi coldi che me svena.
Ah, tu no tu sa
quanto qui basi è 'nsugnao 'na volta
visin de scure acque resultive,
perso nei campi a note fonda
a sintì i grili, amissi mie ...
....

(In der sanften Septemberbrise
möchte ich dahinsegeln, den Bug im Wind,
und dabei die Wolken am Himmel beobachten
und den Schrei der Möwen hören ...
Die zärtlichen Wellen unter dem Kiel spüren,
die mich an deine Küsse erinnern,
die mir die Sinne raubten.
Ach, du weißt ja nicht,
wie oft ich von deinen Küssen geträumt habe
in der Nähe der Quellen
in den Feldern, mitten in der Nacht,
beim Zirpen der Grillen, meiner Freunde ...
................)

Wir sahen uns sprachlos an. Dann lösten wir noch ein paar Blätter voneinander. Auf einem davon stand eine Widmung:

„Für Edith Rittmeier, Wien, 2. April 1868“

Es folgten weitere Verse, aber die ersten drei waren durchgestrichen.

....
Oci de aqua ciara
e naso de corcal
ma dolze, zentil e fiero
e un corpisin lisiero
de anemal
....
co i labri rossi
e i dinti comò neve

(.........
Wasserblaue Augen
und die Nase einer Möwe,
aber sanft, freundlich und stolz

und das leichte Körperchen
eines Tieres
....
mit roten Lippen
und Zähnen so weiß wie Schnee.)

Auf einem anderen Blatt standen nur zwei Verse.

Tu dovaravi veghe la laguna
la sera dei Santi e sensa vento ...

(Zu Allerheiligen solltest du die Lagune sehen
und bei Windstille ...)

Aber auf der Hinterseite wurde die Schrift immer schlampiger und breiter, als ob der, der die Zeilen geschrieben hatte, es plötzlich eilig gehabt hätte oder als ob er, sofern er auch der Autor war, von leidenschaftlichen Gefühlen übermannt worden wäre ...

La laguna è sugnao
e la man tova:
le vene
comò gatuli de un rio,
i tindini comò dossi
petenai dal vento.
Colda tu geri
comò un picolo nio.
Tu me disivi:

„Fermete che vogio tor gargossa ...“

E tu, tu me vardivi
Co i oci fundi
Che i speceva 'l sielo.

(Von der Lagune träumt' ich
und von deiner Hand:
die Venen
wie Bäche eines Flusses,
die Sehnen wie Hügel
vom Wind gekämmt.
Warm warst du
wie ein kleines Nest.
Und sagtest zu mir:

„Bleib stehen, ich möchte etwas aufheben ..."

Und sahst mich an
mit tiefen Augen,
in denen sich der Himmel spiegelte.)

Die letzte Seite war gefaltet worden, aber nicht beliebig, denn die beiden Hälften des Blattes passten perfekt aufeinander. Auf der Vorderseite dieser kleinen Mappe stand, wie nebenbei hingekritzelt, ein Datum: „5. November 1900". Das Datum war von einem rechteckigen, zweimal nachgezogenen Rahmen umgeben. Wir öffneten die Reliquie und lasen gemeinsam laut vor.

Co' vignarà la vecia
col falseto
in pie volaravo veghela,
e stieto.

(Wenn der Alte
mit der Sense kommt,
möchte ich ihn stehend empfangen,
und schnell soll es geh'n.)

Nicola war sprachlos. Er zündete sich eine Zigarette an und nahm das Heft, das wir zum Trocknen in die Sonne gelegt hatten. Es war noch feucht, aber die Seiten ließen sich voneinander lösen. Wir waren so neugierig, dass wir unbedingt wissen wollten, wem das Boot gehört hatte, denn der Besitzer des Boots würde uns auch zum Autor der Gedichte führen. Auf dem obersten Blatt befanden sich unleserliche Stempel und Rechnungen. Auf der zweiten Seite standen ganz oben folgende Worte:

Logbuch
Des Motorschiffes „Rapido“
Der Gebrüder Rodolfo und Alfio Cortesan

Und dann in der Mitte:

Das in der Corsi-Werft in Pula gebaut wurde
Und mit Gottes Hilfe und dem Schutz der Muttergottes
Am 2. Juli 1945 zu Wasser gelassen worden war.

Nicola blätterte das Heft rasch durch, um zur letzten Notiz zu gelangen. Sie stammte vom 25. Juli 1945.

Insel Cres, 15 Uhr
Ich habe Marco Santin, seine Frau Anita und ihre Kinder Carlo und Matteo an Bord genommen. Außerdem Cesare Slatic, Vittorio Crevatin, Mario Lugnan, Fulvio De Cleva und Sergio Coloni und seinen Bruder Augusto.

Schirokko.
Route 220.
18 Uhr. Wir erblicken steuerbords ein Kriegsschiff.
Es ist auf hoher See.
18.30. Schirokko. Wird immer stärker.
18.45. Sturmwind. Das Schiff kommt uns entgegen.
Es ist ein jugoslawisches Schiff.
Muttergottes von Barbana, steh uns bei ...

Der Ring

Wenn das erste zartrosa Licht die Wipfel der Pappeln streift, lassen sich die Turteltauben in Schwärmen auf der Wiese nieder; aufdringlich und frech beobachten sie die Amseln, die nach uraltem Recht ihren Schnabel in die von Würmern gegrabenen Löcher stecken. (Die Amseln sehen ihre Opfer nicht, sie hören sie nur, während diese versuchen, dem Gemetzel zu entkommen). Ich weiß, die Amseln sind mir sympathisch, weil sie immer schon hier waren, im Gebüsch, noch bevor es dieses Haus gegeben hat. Die Turteltauben hingegen – die Eindringlinge – haben auf die Pappeln gewartet, um sie zu besetzen und die Welt von oben zu betrachten. Aber vielleicht stimmt das alles gar nicht. Vielleicht mache ich mir das nur vor, um ein Geständnis zu vermeiden: Ich liebe die Amseln, weil Amsel auf Tschechisch *kafka* heißt.

Es ist sechs Uhr und ich habe Lust, mir ein wenig die Beine zu vertreten. Zuerst mache ich ein paar Schritte über die Platten aus altem Sandstein, die zum Kiesweg führen: Ich gehe ihn zweimal auf und ab; vom Gartentor zum Holzschuppen. Ich betrachte den wilden Dornenstrauch, der bald eingehen wird, weil die Erlen so überhand genommen haben. Die Erlen haben sich in diesem Jahr explosionsartig vermehrt. Ihre Luftwurzeln scheinen die Wiese zu überwuchern. Auf dem Rückweg gehe ich über das kühle, taubedeckte Gras. Die Amseln lassen sich nicht aus der Ruhe bringen, und die Turteltauben fliegen, misstrauisch wie sie sind, auf die oberen Äste der Eiche. Von dort oben beobachten sie das Nest des Eichelhähers.

Als ich die Eisentür meines Ateliers hinter mir schließe, läutet das Telefon. Das kommt so gut wie nie vor um diese Zeit, und wenn, dann nur, weil ich dieselbe Nummer habe wie der Bischof von Udine, nur mit einer anderen Vorwahl.

Irgendwann einmal hat eine Frau, die sehr aufgeregt war, dreimal hintereinander angerufen; sie wollte ihr Kind firmen lassen. Ich sagte ihr, dass sie die falsche Nummer gewählt habe, aber sie ließ nicht locker. Ich fragte sie, welche Nummer sie gewählt habe, und sie nannte mir meine Nummer. „Die Vorwahl, Signora ..." Aber sie wollte nicht begreifen. Beim dritten Mal gab ich es auf. Ich sagte, sie könne jederzeit kommen, allerdings nur, wenn ihr Sohn bereits die Kommunion erhalten habe.

Auch diesmal ist eine Frau am Telefon. Sie weint. Mein erster Gedanke ist, irgendetwas auf magische Weise heraufbeschworen zu haben. Oder dass es sich um einen Irrtum handele. „Hallo, bist du's? Morgen reise ich ab. Ich kann nicht mehr. Ich bitte dich, es ihm zu sagen. Er kann mich nicht einfach so gehen lassen. Er ist mir eine Erklärung schuldig ..." Pause. „Er muss sich entscheiden, hast du verstanden? Sprich bitte mit ihm. Du bist der einzige, der das kann."

Ich bin wie vor den Kopf gestoßen. Dieser Hilferuf kommt völlig unerwartet und ist in gewisser Weise auch unbegreiflich. Fast kann ich nicht glauben, dass sie es ist. Aber ihre Stimme ist nicht zu verkennen.

Am Abend davor hatten wir uns gemeinsam *Carmen* angehört, und alles war ganz friedlich gewesen. Ihre Anspannung und Sorge hatte ich mir damit erklärt, dass es sich um eine ihrer letzten Aufnahmen handelte. Ich schaue auf die Uhr. Es ist noch früh. Er steht nie vor zehn Uhr auf.

Ich gehe noch einmal auf die Wiese hinaus, um nachzudenken.

Es war immer von Zuneigung die Rede gewesen, von Bewunderung, von Zärtlichkeit. Vielleicht auch von Liebe. Aber von welcher Liebe? „Meine Zuneigung ist größer als jede Liebe ...", sagte er immer. Und ich dachte, er würde eines seiner Gedichte rezitieren, die mir so vertraut waren. Ich gehe in mein Atelier und suche das druckfrische Buch. Der Schutzumschlag aus Seidenpapier schwebt zu Boden und darunter taucht *Un affetto e la vita* auf. Ich setzte mich hin und lese das Gedicht noch einmal, aufmerksam.

Meine Zuneigung ist größer als jede Liebe
Und lässt keine Schlussfolgerungen zu –
Alle Liebeserfahrungen werden tatsächlich geheimnisvoll
Im Licht dieser Zuneigung
Und wiederholen sich darin wie gleichförmig.
Sie bindet mich
Weil sie mich an anderen hindert.
Aber ich bin frei, weil ich ein wenig freier bin von mir selbst.

Wenn er so von seiner „Zuneigung" gesprochen hat, dann hatte sie wohl herzlich wenig verstanden.

Aber warum sind alle Liebeserfahrungen geheimnisvoll angesichts dieser Zuneigung?

Vor einigen Monaten, vielleicht auch schon vor einem Jahr, hatte ich ihm einen Brief geschrieben, in dem ich von „Veilchen" gesprochen und ihn an eine lange zurückliegende Begegnung in Versuta erinnert hatte, als er mir zum Zeichen seiner Zuneigung *Lengas dai frus di sera* geschenkt hatte. Davor hatte er mir das Gedicht vorgelesen (ich erinnere mich, dass hinter ihm auf dem Boden der Mais zum Trocknen lag), dann hatte er es an zwei Stellen korrigiert und es mir überreicht. „Das habe ich heute Vormittag geschrieben", hatte er gesagt. Auch er erinnerte sich noch an diese Begegnung, und er legte seinem Antwortschreiben ein Gedicht bei, das er in den Tagen davor geschrieben hatte. Es war *Un affetto e la vita* – das Gedicht, das ich gerade in diesem Augenblick wieder lese.

Aber warum muss die Zuneigung größer sein als jede Liebe? Besteht das Geheimnis in dem Wort *Zuneigung*, liegt hier der Knoten, der zu lösen ist?

Das Leben verliert an Interessantheit, weil es zu einem Theater
verkommen ist
Auf dessen Bühne sich die Zyklen dieser Zuneigung ereignen:

Und so ist mir die Trunkenheit abhanden gekommen
Jeden Abend über neue Straßen zu streifen
(über die der alte Wind streicht und den Wechsel von Stunden
und Jahreszeiten ankündigt)
Aber welche Trunkenheit, sagen zu können: „Ich reise nicht mehr."

Um welche Reise handelt es sich? Um die Reise des Lebens?

Ein echtes Labyrinth. Aber nicht ohne Ausgang, wie es scheint. Tatsächlich stelle ich fest, dass das Wort „Zuneigung", das wahrscheinlich des Rätsels Lösung ist, sieben Mal wiederholt wird. Mit einem Wort, es wird ganz eindeutig betont.

Ich lese weiter, um der Sache auf den Grund zu gehen. Aber auch, um mir die Zeit zu vertreiben, bis es acht Uhr ist. „Mindestens acht", sage ich zu mir und suche die Uhr, die ich nicht besitze.

Es mag absurd erscheinen, aber für so eine Zuneigung könnte man auch das Leben geben. Ja, ich glaube, dass diese Zuneigung nur ein Vorwand ist, um zu erkennen, dass man eine – eine einzige – Möglichkeit hat, sich schmerzlos seiner selbst zu entledigen.

Ich frage mich, aufgrund welchen Geistesblitzes mir das Gedicht eingefallen ist. Ich schaue vor mich hin, auf eine Stelle hinter dem Gartentor. Ein Rotkehlchen hüpft auf dem Zweig eines Rosmarinstrauches.

Warum hat sie mich angerufen? Und warum vor allem hat sie sich ausgerechnet an mich gewandt? Solche Probleme löst man persönlich, unter vier Augen. Und außerdem, worauf hatte er sich bloß eingelassen, womit hatte er eine derartige Reaktion ausgelöst?

Das Rotkehlchen ist nicht mehr da. Aber die schwarze Katze schleicht vorsichtig über die Wiese; sie bleibt stehen wie eine Statue, kauert sich flach auf den Boden, um sich dann weiter an die Thuje heranzuschleichen. Das Rotkehlchenweibchen kommt kreischend herausgeflattert.

Ich habe eine Idee, fürs erste ist es nur ein Verdacht. Ist es möglich, dass der Ring an allem schuld ist? Das wäre absurd. So etwas hat es noch nie gegeben. Aber dennoch, es könnte eine Erklärung sein.

Siena gab, ders die Maremme nahm –
Er weiß es, der mir seinen Ring gegeben,
Als mich, die Witib, er zu freien kam.
(Dante Alighieri)

Ich steige ins Auto, aber die Verse lassen mich nicht los. Einen Ring schenkt man, um zu „freien", gewiss. Es ist noch früh, aber im Auto kann ich besser nachdenken. Beim Einsteigen drehe ich automatisch das Radio an. „ ... dank des schönen Wetters konnten heute die Dreharbeiten von *Medea* fertiggestellt werden." Ich bleibe bei einer Ampel stehen. Es ist noch immer nicht acht Uhr. Nach den Säulen des Forum Romanum biege ich links ein und parke unter dem Popone-Campanile. Das Tor des Soldatenfriedhofs ist offen. Ich erkenne den Geruch des Buchsbaums. Seit Jahren bin ich nicht mehr hier gewesen. Die kleinen Grabhügel sind immer gepflegt (vielleicht sind sie etwas flacher geworden aufgrund des Regens), und jemand hat ein Licht angezündet. Die Messingschilder auf den Kreuzen sind von Tau benetzt. Ein Tautropfen auf einem dieser Schilder, der über die Maßen prall ist, gibt plötzlich nach, ergießt sich über das Schild, und die in das Metall eingravierten Buchstaben leuchten wie Kieselsteine in einem winzigen Bach. Ich lese. „Hauptmann Nicolini Adalberto, 23. Kavallerieregiment. Gefallen durch eine feindliche Kugel. 2. April 1916." Um diese Zeit ist niemand da. Ich höre nur das Knirschen des Kieses und das Gurren der Tauben. Ich drehe mich um, und neben einer völlig durchweichten Mauer sehe ich einen Marmorstein. „Die Helden verlangen keine Tränen ..." Die restlichen Worte sind unleserlich. Aber gleich daneben, zwischen zwei Lorbeerbäumen, steht eine Grabkapelle. Nur vier dorische Säulen, auf denen Steinplatten ruhen. Eine davon ist heruntergestürzt. Sie liegt zersplittert am Boden. Auf dem Sockel steht die Statue eines Mannes, der ein Priester oder vielleicht ein Dichter ist, denn er drückt mit gekreuzten Armen ein Buch an die Brust und er trägt einen Doppelreiher, der ihm bis zum

Knie reicht. Mit einem vom Moos überwucherten Auge schaut er ins Leere. Ich stelle jedoch fest, dass sich hinter ihm noch eine kleine Figur befindet, die vielleicht nur vorübergehend vom Friedhofswärter hierhergestellt wurde. Sie hält ein unverhältnismäßig großes Messbuch, hinter dem ihr Gesicht beinahe nicht zu sehen ist. Aber bei genauerem Hinsehen stelle ich fest, dass es gar keinen Kopf gibt. Die Statue ist schlicht und einfach kopflos.

Ich gehe über den von Buchsbaum gesäumten Weg und trete in den Schatten der Basilika hinaus. Genau hier – denke ich –, in diesem Haus zu meiner Rechten, habe ich den Karneol gekauft. *Primo impero* und wunderbarerweise völlig intakt. Mit einem Wort, „den Ring, gegeben, um zu freien". Ich steige wieder ins Auto. Als die Platanenallee hinter einem spärlichen Pinienhain sich weit zur Lagune hin öffnet, steht die Sonne bereits hoch über dem Nanos-Massiv. Grado ist weit weg und noch von einem Dunstschleier umgeben; aber während ich langsam über die gerade, von Tamerisken und einer scheußlichen Leitplanke gesäumten Straße fahre, zeichnet es sich allmählich in allen Details ab. Leider auch der Arm eines Krans. Das Leuchtfeuer des Hafens blinkt noch. Oder vielleicht ist es auch nur ein Widerschein. Ein Fischerboot kommt gerade zurück.

Ich habe nicht den Mut, ins Hotel zu gehen, ohne mich vorher anzukündigen. Ich muss ihm zumindest Zeit geben, sich anzukleiden. Nachdem ich die Drehbrücke überquert habe, bleibe ich vor der kleinen Camuffo-Werft stehen. Jemand brät Meeräschen, und ich frage, ob ich das Telefon benutzen darf. Der Portier sagt zu mir: „Er hat sich aber ausgebeten, nicht vor zehn geweckt zu werden." „Ich weiß. Machen Sie sich keine Sorgen. Wecken Sie ihn ruhig auf, es handelt sich um etwas Wichtiges. Sagen Sie ihm, dass ich ihn in einer halben Stunde abhole."

Ein großes Schiff wartet darauf, vom Stapel gelassen zu werden. Das habe ich bereits an den gegrillten Fischen und am stechenden Geruch des Antifowling erkannt. Es ist schon so lange her, dass ich das letzte Mal mit meiner „Istambul" ausgefahren bin, und mich überkommt Wehmut.

Ich bin immer gerne im Morgengrauen losgefahren. Ohne Ziel. Egal, ob im Schiff oder im Auto. Auf eine lange Reise gehen und an nichts denken. Eigentlich könnte ich es jeden Tag tun, denn ich habe in meinem ganzen Leben noch nie Vorgesetzte oder Verpflichtungen gehabt. Dennoch leiste ich mir das Vergnügen nur, wenn die Reise durch meine Arbeit gerechtfertigt wird. Ich habe mich überzeugen können, dass Freiheit nur eine andere Form der Sklaverei ist. Alles entscheidet sich im Kopf, auch meine Freiheit. Deshalb muss meine Reise ein Abenteuer im Kopf sein und mich völlig gefangennehmen. Sie muss neuartig, schwierig, riskant sein. Hautpsache, sie lenkt mich von den banalen Alltagsproblemen ab.

Im Morgengrauen aufbrechen. Aber der Ritus wird nachts zelebriert, wenn auf Tausenden Meilen niemand zu sehen ist.

Als Kind versteckte ich nachts unter dem Kissen eine Postkarte, auf der eine alte Mühle irgendwo in der polnischen Landschaft abgebildet war. Sie hatte ein Strohdach und die winzigen Fensterläden waren wahrscheinlich geschlossen. Kein Lichtstrahl drang heraus. Aber ich stellte mir immer vor, dass sich darin ein brennender Kamin befand: ein massiver, einfacher Steinkamin. Das Haus wurde von einer Eiche überragt, die so groß war wie eine Wolke, und im Vordergrund im Gestrüpp versteckte sich gewiss ein Wolf, kein Hund, sondern ein Wolf mit feurigen Augen. Ich kann mich nicht erinnern, aber gewiss hatte ich ganz wunderbare Träume.

Vor vielen Jahren hielt ich mich einmal an einem Herbstnachmittag in Warschau im Hotel Forum auf. Eigentlich hatte ich vor, am nächsten Tag im Auto nach Prag weiterzureisen. Es war Allerseelen. Als ich dem Portier den Schlüssel gab, sah ich hinter ihm plötzlich genau diese Landschaft: dasselbe Haus mit dem Strohdach und dem Baum, der so groß war wie eine Wolke. Mit dieser Landschaft vor Augen ging ich in mein Zimmer zurück. Ich zog den Vorhang weg, um den Himmel zu betrachten. Ich konnte der Versuchung nicht widerstehen. Unter einem Vorwand reiste ich ab. Die Straßen waren voller Schlamm. Es regnete. Lange folgte ich den mit Zuckerrüben beladenen Karren, die in der Dunkelheit nach Hause fuhren.

In Zelazowa Vola wartete ich vor dem Haus Chopins auf das Morgengrauen.

Ich stehe mit den Füßen an der Wasserlinie und betrachte das Steuer des Fischerbootes. Die Zinkanoden sehen aus wie frisch gepresste Silberbarren. Sie halten nur ein gutes Jahr. Im galvanischen Strom verrosten sie allmählich ...

Die halbe Stunde ist vergangen.

Mein Freund wartet auf den Stufen vor dem Hotel. Mit Sonnenbrille und den Händen in der Tasche. Er sieht mich besorgt an, denn er ahnt bereits, um was es geht. Ich lasse ihn ins Auto steigen. Und beginne zu sprechen: „Tut mir leid, aber ich musste dich unbedingt aufwecken. Maria hat mich heute morgen um sechs angerufen. Ich versuche dir ihre Worte ganz genau wiederzugeben ... Sie möchte wissen, wann du dich entschließt, sie zu heiraten. Ich glaube, genau so hat sie es gesagt. Sie war sehr aufgeregt und sie hat geweint."

Er schwieg ein paar Augenblicke. Dann rief er in einem Tonfall, für den ich keine Worte finde, aus: „Was, gerade jetzt, wo ich den *San Paolo* drehen soll?"

Die Sache hatte so begonnen:

Dank des wunderbaren Wetters waren die Dreharbeiten schon fast abgeschlossen, und Pier Paolo, der sehr zufrieden und dem ahnungslosen Geschöpf in gewisser Weise auch dankbar war, sagte zu mir, er wolle Maria etwas schenken, zur Erinnerung an die gemeinsam verbrachte Zeit und an die Drehorte, die zugleich verblüffend urwüchsig – wie sie sagte – und reich an Geschichte waren.

Die antike römische Stadt war nur ein paar Schritte entfernt, und deshalb lag es nahe, ihr ein zugleich repräsentatives und edles Geschenk zu machen. Etwas Einzigartiges, das so groß und zugleich so schlicht war, dass sie es wie ein Schmuckstück tragen konnte.

In Aquilea kann man nach dem Regen oft Männer beobachten, die mit gesenktem Kopf über die Felder wandern wie melancholische Wünschelrutengänger. Sie suchen Karneole. Die Grabfelder sind Jahrhunderte lang von Pflügen durchfurcht wurden, und der – wie ich mir vorstelle – sehr fruchtbare Boden besteht nicht nur aus Lehm, sondern enthält auch kleine Scherben von Amphoren und Marmorstücke mit unleserlichen Aufschriften. Alle anderen menschlichen Überreste sind im Lauf von zwei Jahrtausenden zu Staub geworden. Mit Ausnahme der Karneole eben, der harten geschliffenen Steine, die nach einem Regenguss so prächtig funkeln wie eh und je. Es war also ein fataler Fehler gewesen, sich für einen Karneol als Geschenk zu entscheiden. Und ich hatte auch einen gefunden, nicht in meiner Eigenschaft als Wünschelrutengänger, sondern als echter Kenner. Ein Gott war darauf eingraviert. Jupiter vielleicht oder Merkur. Und der Thron beziehungsweise der einfache Hocker, auf dem der Gott saß, war in allein Einzelheiten dargestellt. Unter dem Vergrößerungsglas konnte man sogar sehen, dass die Schuhe des Gottes – diese göttliche Freiheit hatte sich der Künstler genommen – nachlässig geschnürt waren. Ich zeigte Pier Paolo den Karneol, und er war begeistert. Er schlug natürlich vor, ihn fassen zu lassen, wie es in Rom üblich gewesen war, und ich trug ihn zu einem Goldschmied, der für seine raffinierten Gebilde bekannt war. Wir mussten nur noch entscheiden, bei welcher Gelegenheit wir ihn Maria überreichen wollten,

Ich hatte ohnehin vorgehabt, alle an den Dreharbeiten Beteiligten, die Journalisten, die darüber berichtet hatten, und die ganze Truppe zu mir nach Hause einzuladen. Aber eigentlich veranstaltete ich dieses Abendessen im Freien nur, um Maria zu feiern. Sie zu feiern und ihr symbolisch unsere Zuneigung zu beweisen.

Das große Feuer mitten auf der Wiese, das gebratene Fleisch und der Wein, der aus Fässern floss, sorgten dafür, dass der Abend sehr beschwingt wurde. Und am Höhepunkt dieses Fests, als der Mond – ich erinnere mich – über dem Akazienwäldchen aufging, überreichte Pier Paolo, schüchtern wie immer, Medea den Ring. Er umarmte und küsste sie, wie es bei solchen Gelegenheiten üblich ist. Manche klatschten sogar, aber nicht alle verfolgten dieses unschuldige und zärtliche Ritual oder erfassten seine Bedeutung.

Es vergingen noch einige Tage in der Julisonne, die vom Westwind skandiert wurden. Nur die Götter, Merkur oder Jupiter, bewahrten ihr „tragisches Wissen“.

Heute, erst heute, nachdem ich zwanzig Jahre lang Saison für Saison die Arbeit der Pflüge beobachtet habe, lese ich das Gedicht wieder, um eine Leere zu füllen ...

Woher der Wind, der den Ring gegeben,
Kommt und wohin er auch gehen mag –
In schweigender Übereinkunft
Setzen wir ihm, ausgesetzt am Meer,
eine schmerzliche Körperlichkeit entgegen,
Der Ring, der freit! (...)
Ohne Temperatur bindet er
Dinge und Körper und lässt sie wieder fahren,
Mit dem Ziel, komplizenhaft
Jene Orte zu erreichen, die dem Leben entzogen sind;
Und das Leben ist davon entleert;
Die Zuneigung kleidet sich in Gefühle, die ihr fremd sind,
Die Augen betrachten den unsichtbaren Ring, der langsam entschwindet.

In den Worten dieses Gedichts „Der Ring“ kommt das tragische Wissen zum Ausdruck, das die Götter bewahrten. Der Ring, in den die „Gemme“ gefasst war und den Pier Paolo mit meiner wissenden Zustimmung einer Frau geschenkt hatte, für die er eine verzweifelte Zärtlichkeit empfand. Und die ihn zweifellos liebte. Aber eine „heuchlerische Komplizenschaft“, aufgrund derer die unausgesprochenen Worte sich als unbekannt ausgaben, hinderte die beiden daran, die Wirklichkeit Wirklichkeit werden zu lassen. Und so gab sie sich einer Selbsttäuschung hin „mit dem seligen Lächeln, das eine falsche Sicherheit widerspiegelte, und den Händen auf den Knien, wie ein kleines Mädchen, das seine Ängstlichkeit hinter einer gespielten Zwanglosigkeit verbirgt“. Auf der Mole der griechischen Insel, wo diese Verse niedergeschrieben oder erdacht wurden, haben das Schweigen und der Wind der Ägäis gesiegt. Vor allem aber die unaussprechliche Wahrheit.

Die Liebe (oder das Bedürfnis, ein anderer zu sein, oder die Natürlichkeit, die sich über die engen Grenzen dessen hinwegsetzt, was richtig ist) hätte in diesem Augenblick sogar den Tod besiegt. Aber sie wäre auch „die Kapitulation vor dem Unmöglichen“ gewesen, „die endlose und erbärmliche Niederlage; das entwürdigende Schicksal“.

All das „wurde in den Wind geschrieben, der vergeht wie ein Ring, der weder freit noch trennt.“ Tragischerweise hat eine Zuneigung Überhand genommen, die sich als Gefühl tarnte, das nicht das seine war.

Ich schlage noch einmal die vergilbte Mappe auf, und diesmal möchte der Umschlag aus Seidenpapier das Rätsel beschützen. Er zittert nicht. Aber ich hebe ihn langsam hoch.

Und finde *Un affetto e la vita* wieder.

Bei jeder Liebe gibt es eine Verschmelzung zwischen der Peson, die man liebt
Und jemand anderem: das ist natürlich. Bei der Zuneigung
Scheint dies jedoch unnatürlich zu sein.
Die Verschmelzung geschieht in solchen Tiefen,
Dass es nicht möglich ist, Erklärungen dafür abzugeben, Gründe zu finden
Um sich zu seinem wie auch immer gearteten Schicksal zu beglückwünschen.
Die Zärtlichkeit, die einem eine solche Zuneigung im Grunde
Auferlegt, ist weder dazu angetan zu befruchten
Noch befruchtet zu werden, nicht einmal im Spiel;
Dennoch gibt man sich ihr hin
Mit demselben Gefühl, ins Leere zu stürzen,
Das man auch empfindet, wenn man den Samen verspritzt,
Wenn man stirbt und Vater wird.

Wenn eine Zuneigung stärker ist als jede Liebe, eine Zuneigung, die allerdings nicht dazu führt, zu befruchten oder befruchtet zu werden, ist sie etwas ganz anderes als die Liebe, auch wenn sie mit denselben Gefühlen einhergeht. Und wenn eine Zuneigung nicht eine andere Person zum Objekt hat, ist sie gleichbedeutend mit Leidenschaft oder Impuls und „bezeichnet“, ganz allgemein gesagt,

„jeden Zustand, jede Verfassung oder Stimmung, die darin bestehen, dass man etwas über sich ergehen lässt und davon beeinflusst oder verändert wird“.

Ich schlage das Vierte Buch der „Ethik“ auf, die davon spricht, dass die Unfähigkeit des Menschen, seine Affekte zu zähmen und zu beherrschen, die Unfreiheit bedeute, denn der Mensch, der seinen Affekten ausgeliefert sei, gehöre nicht sich selbst, sondern sei ein Spielball des Schicksals. Aber die Affekte als Erregung bedingten nur so lange die Schlaffheit der Seele, als wir uns ihrer nicht bewusst seien. „... sittliche Beschaffenheiten aber tragen den Charakter der Vorsätzlichkeit oder sind doch nicht ohne dieselbe.“

Wenn das Gefühl nicht nur die äußere Form, sondern das Wesen einer klaren und deutlichen Idee annimmt, bindet es unsere Energien und hindert uns daran, andere Gefühle zu entwickeln. Bei Pier Paolo hat die „Leidenschaft“ beziehungsweise sein „unstillbarer Drang“ die Form einer klaren und deutlichen Idee (des Todes) angenommen, ist zur „Aktion“ beziehungsweise zu einem luziden Projekt geworden.

Dennoch gab es in diesen Augusttagen auf der Insel im ägäischen Meer eine Ablenkung, eine Illusion, einen Traum in einem Traum. Wie ein Ansuchen nach einer zweiten Instanz oder ein Gnadengesuch. Und „die Sinne liebten das, was man nur vergessen oder verstecken hätte können, wenn man anders geliebt hätte“. Des Rätsels Lösung war dann die mythische Vorwegnahme einer „endlich tragischen“ Tragödie.

Ich schließe die Mappe und denke an Julian, den Protagonisten von *Porcile*: „Ich kenne kein stärkeres Gefühl als das, das mich zu den Schweinen hinzieht ...“

Das Seidenpapier ist überflüssig geworden. Ich muss ins Freie. Ich mache ein paar Schritte über den eben erst gemähten Rasen. Ich hebe einen Pinienzapfen auf, den ein Specht so aufgeklopft hat, dass er aussieht wie eine Margerite.

Trotzdem war er so kompakt wie ein Sprengkörper.

Rònimo

Manche nannten ihn Rònimo. Er allerdings reagierte auf diesen Namen stets verärgert.

Keiner wusste, welchen Beruf er hatte.

Manchmal sah man ihn höchst konzentriert die Wassergräben entlangspazieren, als würde er dort etwas suchen. Die einen sagten, er finge Frösche mit einem Wollknoten, andere wiederum meinten, er jage *farcut* (Falken) mit einer zarten Schlinge aus Eisendraht. Er trug stets einen Soldatenmantel und einen Hut, den er tief in die Stirn gezogen hatte. Und deshalb beschrieb ihn ein jeder, der behauptete, mit ihm gesprochen zu haben, auf andere Weise. Für die einen war er ein sanfter und liebenswürdiger rothaariger Mann, die anderen hingegen bezeichneten ihn als verschlossenen und ziemlich missmutigen Albino.

Er besaß eine „Werkstatt" inmitten der Felder, und in dem Garten ringsherum waren alle möglichen Dinge verstreut. Die Beete, die sich an den wenigen freien Stellen befanden, waren jedoch stets bereit, bepflanzt zu werden, und im Sommer gedeihten dort Kürbisse und Melonen und im Frühling Salat. Das Grundstück, das wie eine Oase in der Wüste wirkte – ringsherum lagen nämlich weite brache Felder, die im Winter als Weideland für die Schafe dienten –, wurde von einem originellen, improvisierten Zaun umgeben oder besser gesagt beschützt. Als Stützpfosten dienten Weidezweige, die wie Keimlinge in die Erde gesteckt und aufgrund sorgfältigen Beschneidens in ausgefallene Pflanzenarrangements verwandelt worden waren. Der Maschendrahtzaun, der zwischen ihnen gespannt war, wies unterschiedliche Arten von Geflecht auf und war an manchen Stellen sorgfältig geflickt, sodass er aussah wie ein monströses Spinnennetz.

Als „Werkstatt“ oder „fária“ bezeichnete man ein Gebäude, unter dessen Dach die verschiedensten Tätigkeiten verrichtet werden konnten. Oder auch gar keine, denn die Fensterläden von Rònimos Werkstatt waren immer geschlossen, und aus dem Inneren drangen weder Geräusche noch Gerüche, und aus dem einzigen großen Schornstein stieg auch kein Rauch auf. Genauso unklar war die Herkunft der Materialien, mit denen sie errichtet worden war; wohl hatte er sie geschenkt bekommen, wie alles, was man erbt oder überlassen bekommt oder das einfach zu nachtschlafender Zeit irgendwo abgeladen wird in der Meinung, dies sei die beste Möglichkeit, altes sperriges Gerümpel loszuwerden.

Wahrscheinlich traf letzteres zu, denn am Rande seines Anwesens, das wirklich kein Bauernhof war, befand sich eine riesige Müllhalde. Sie zeigte sich nicht sofort von ihrer abstoßenden Seite, und es ging auch kein ekelhafter Geruch von ihr aus, wie es bei einem solchen Schandfleck für gewöhnlich der Fall ist, denn die Abfallhaufen, die sich im Lauf der Jahre in dem ehemaligen Sumpf gebildet hatten, wirkten wie liebliche Hügel, die zur Zierde und nicht aus Notwendigkeit angelegt worden waren. Mittlerweile wuchsen prächtige Pflanzen – Margeriten oder Topinambur – auf ihnen, und sie verliehen dem widerlichen Ort ein angenehmes Äußeres. Und wenn man auf der kleinen Straße, die zum Dorffriedhof führte, an ihnen vorbeiging, konnte man durchaus übersehen, dass sich unter dieser überaus üppigen Vegetation ein Haufen aus Kotze und Tod verbarg.

Es war also durchaus möglich, dass die Dinge, die Rònimo heimlich verwendete, von diesem öden Ort stammten, der nur im Morgengrauen und bei Sonnenuntergang aufgesucht wurde. An seinem Zaun prangten zum Beispiel ausrangierte, kunstvoll umgestaltete Kinderbetten, die er angebracht hatte, entweder um ihn zu verstärken oder um ihn phantasievoller zu gestalten. Schaurig, könnte man sagen. Doch Rònimo schien mit unendlicher Geduld bloß darauf zu warten, dass die Kinder erwachsen wurden und die Eltern ihre Möbel entsorgten. Er sammelte, trennte und reparierte – sofern notwendig – alle Dinge, die für nutzlos oder tot erklärt wurden, weil die Menschen ihrer überdrüssig geworden waren oder weil sie sich einem perversen Modediktat beugten. Was der gewöhnlichen Denkungsart zufolge ohnehin dasselbe ist. Wie ein bescheidener Demiurg verhalf Rònimo den Dingen zu neuem Leben, hob sie ein zweites Mal aus der Taufe und weihte sie ihrem neuen Schicksal. Ohne es zu wissen, verhalf er seelenlosen Dingen zur Auferstehung. Er erlöste sie von der Erbsünde, tilgte die vulgären Spuren der Zeit und des Verschleißes und setzte sie im strahlenden Sonnenlicht zu neuen Formen und Rhythmen zusammen, die ihm selbst nicht bewusst waren, die in Wirklichkeit jedoch die Welt mit Poesie bereicherten.

Es wäre übertrieben zu behaupten, Rònimo sei ein Poet gewesen. Er war einfach ein Mann, der genug hatte vom Gerede der Leute, von Marotten, Eitelkeiten, Konformismus und von Abfällen. Gegen die er sich aus Prinzip zur Wehr setzte wie eine Grille gegen eine Lawine.

Merkwürdig daran war jedoch, dass ihn nie jemand hatte arbeiten sehen, weder unter dem Überdach seiner Werkstatt noch im Garten (obwohl dort Kohl, Zikorie und roter Winterradicchio prächtig gediehen). Die kleine Straße war zwar kaum befahren, aber zumindest die, die in der Dämmerung zur Müllhalde pilgerten, um dort ihren Abfall loszuwerden, hätten ihn doch einmal bei einer seiner geheimnisvollen Aktivitäten überraschen müssen.

Manche sagten, sie hätten ihn zwischen den Zeilen seines „Weinbergs" gehen sehen, aber wie man weiß, machen die ersten Schatten des Abends die Erscheinungen wenig glaubhaft. Und vielleicht war es auch nur der Wolfshund gewesen, der hier eingesperrt immer den Zaun entlanglief und so einen Weg ausgetreten hatte, bei dessen Anblick man tatsächlich glauben konnte, hier hielten sich Menschen auf. Aber untertags war hier zweifellos keine Menschenseele zu sehen. Das beteuerte auch der Wächter der Müllhalde, der die

Aufgabe hatte, all jenen den Zutritt zu verwehren, die heimlich ihren Müll abladen wollten.

Auf diese Weise wuchs das Geheimnis ins Unermessliche. Es wurde sogar gemunkelt, Rònimo habe eine gespaltene Persönlichkeit. Manche behaupteten sogar, er sei ein ehemaliger Priester aus dem Ausland, der nachts, als Schmied verkleidet, zu seiner Hütte lief. Die, die tatsächlich mit ihm zu tun gehabt hatten, sagten allerdings etwas ganz anderes über ihn. Der Fall des „Priesters der Nacht" oder des „himmlischen Schmieds" – wie er von manchen genannt wurde – war sogar auf dem Richtertisch gelandet. Aber natürlich gab es nicht ausreichend Gründe, gegen einen Mann zu ermitteln, der niemandem etwas zuleide tat.

In einer Winternacht – ich glaube, es war der letzte Tag des Jahres – erhellte plötzlich ein merkwürdiges rotes Licht den Himmel, und zwar genau in der Gegend, in die die Friedhofsstraße führte. Es kam zwar nicht zum ersten Mal vor, dass die über der Müllhalde züngelnden Irrlichter unheimliche Reflexe verursachten, aber diesmal irrten richtiggehende Lichtbündel wie suchend über den Himmel. Allerdings nur eine Zeitlang, denn dann färbten plötzliche Flammen die tiefhängenden Wolken am Rande der Lagune leuchtend rot. Nicht einmal während des Krieges hatte man ein derartiges Schauspiel gesehen. Die Explosionen – sofern es überhaupt welche waren – ereigneten sich in völliger Stille, es waren reine Lichtexplosionen wie bei einem Feuerwerk am Ende eines Jahrmarkts, bei dem jedoch der Knall ausblieb.

Wenn man in diesem Augenblick auf den Campanile der Kirche gestiegen wäre – wo ich mich aus irgendeinem Grund befand –, hätte man ein merkwürdiges Phänomen beobachten können. Von hier oben konnte man absurderweise einige Gebäude – Kirchen oder Wohnhäuser – jenseits der widerlichen Abfallhaufen sehen, die von den Flammen schon halb zerstört waren. Mir fiel sofort Rònimos Werkstatt ein, aber sie war so klein, dass sie aus dieser Perspektive höchstens ein Punkt inmitten der brachliegenden Felder hätte sein können.

Überall herrschte eine tödliche Stille, und die lange Prozession der mit Sicheln und Mistgabeln bewaffneten Bauern (die man im trüben Licht auch sehr gut für eine Hecke auf halber Höhe des Hügels hätte halten können) glich weniger einem verzweifelten und lautstarken Exodus als einem langsam dahinfließenden Fäulnisstrom. Aber als die Flammen plötzlich aufloderten, konnte man im Gegenlicht die Lanzen einer sich zurückziehenden Truppe erkennen, die sich genau an der Spitze des schlangenförmigen Gebildes befand. Bei genauerem Hinsehen konnte man sogar die – ebenfalls versprengten – Reiter erkennen, die sich einen Weg bahnten oder einigen Karren folgten, aus denen, zu Bündeln geschnürt, rote Standarten ragten.

Aber dann, als ob ein heftiger Wind den Rauch am Himmel vertrieben hätte, sah ich ein paar Augenblicke lang, wie eine dunkle Menschenschlange auf einer improvisierten, aus Booten bestehenden Brücke das Wasser überquerte. Mir fiel sofort der Fluss ein, doch der trat nur weiter unten, im Brackwasser, über die Ufer. Es war unwahrscheinlich, dass er in der öden Jahreszeit, in der es nur Nebel und keine Herbststürme mehr gab, über das Ufer getreten war, und genauso undenkbar war es, dass der Fluss grundlos sein Bett verlassen hatte, wie ein Gott, der nach einem jahrtausendelangen Schlaf erwacht war. Aber ich hatte keine Zeit, der Sache auf den Grund zu gehen, denn die Kammer an der Spitze des Campanile war plötzlich von einer Art Nebelschleier erfüllt, der von einem zweibogigen Fenster zum anderen zog. Vielleicht weil ich mich an das Geländer klammerte und den Eindruck hatte, dass hier oben alles schwankte, hatte ich einen Augenblick lang das Gefühl, mich am Bug eines steuerlos dahintreibenden Schiffes zu befinden. Ich fragte mich auch, ob es nicht einfach Schwindel war, denn der Rauch, der Nebel oder auch die tiefhängenden Wolken, die an meinen Augen vorbeizogen, hinderten mich daran festzustellen, was oder wer sich eigentlich bewegte. Dann, in der gleichbleibenden Stille, erblickte ich mitten in diesem Chaos ein nicht sehr fernes Leuchten, das sich jedoch so gut wie sicher hinter dem Schandfleck der Müllablage befand. Da es aber keinerlei Widerschein gab, den eine derartige

Lichtmenge in der Nähe des Wassers zweifellos hätte auslösen müssen, wurde mir klar, dass ich des Rätsels Lösung in den Feldern suchen musste: in den Wiesen, die ich seit meiner Kindheit kannte, als ich mit meinem Vater dort spazieren gegangen war. Der hätte allerdings, wäre er auch hier gewesen, seinen Augen nicht getraut.

Aber auch ich konnte mir keinen Reim auf das Ganze machen. Zu meiner Linken sah ich etwas, das ganz sicher Feuer war, hinter einem Haufen weggeschmissener Möbel. Funken und wirkliche Stöße von Glut flogen durch die Luft und züngelten in Richtung einer leuchtenden Form, die allerdings noch nicht ihre Gestalt gefunden hatte. Nur allmählich kam mir eine Idee und ich wagte aufgrund der Ähnlichkeit der Bilder an einen Mollusken zu denken – an einen Tintenfisch oder Kalamar. Aber vor allem auch aufgrund der bläulich-rosa Farbe des durchscheinenden Knorpelgewebes mit den eingerollten Rändern, die absurderweise auch an ein riesiges Ohr erinnerten, oder besser gesagt an zwei Ohren, an ein Ohrenpaar, das die entfesselte Reiterhorde wie eine schreckliche Trophäe hinter sich her schleifte. Bei genauerem Hinsehen – wie wenn man ungläubig die Augen zusammenkneift – konnte ich allerdings erkennen, dass die beiden weißlichen Gebilde der Länge nach von einem homerischen Speer durchbohrt waren, der auch sehr gut ein Riesenspieß hätte sein können. Allerdings ragte – was angesichts des alptraumhaften Ereignisses auch nicht weiter verwunderlich war – die Klinge eines Messers aus dem dunklen Hohlraum der beiden Hörmuscheln, und gemessen an den Formen, die langsam aus dem Nebel heraustraten, war sie zwar einerseits riesig, hatte jedoch andererseits genau die richtige Größe, wenn man sich vorstellte, dass sie die Waffe war, mit der die grässliche Verstümmelung vollzogen worden war. Sofern man aufgrund einer gewissen Struktur, aufgrund unzähliger winziger Details, die nur ein an allen möglichen Lesarten geschultes Auge wahrnehmen konnte, nicht zu dem Schluss kam, dass es sich bei dieser Waffe oder dem ungeschlachten Fleischermesser nicht doch um die Schwungfeder einer Möwe handelte. Was es zweifellos auch war: die riesige Schwungfeder einer Möwe, die in einer lange zurückliegenden Zeit ihren Schatten auf die Sandbänke geworfen hatte.

Aus den lodernden Feuern, die aussahen wie zusätzliche Krater eines Vulkans, wurden nun Stücke in allen möglichen Farben – von Orange bis Kobaltblau – herausgeschleudert, deren Beschaffenheit ungewiss war und die wie Lapilli neben dem höllischen Monument zu Boden prasselten. Und dort schienen sie abzukühlen oder zumindest ihre Konsistenz und ihre Farbe zu ändern, denn nicht wenige von ihnen nahmen – als würden sie nach einem zufälligen Schöpfungsakt erwachen – unglaublicherweise die Form menschlicher Larven oder besser gesagt die Form von Anthropoiden an, die sich so träge dahinschlängelten, dass man sie auch für sich entwickelnde Würmer hätte halten können. Sie hatten jedoch auch etwas Obszönes an sich. Diese in gewisser Weise bereits menschlichen Wesen waren nämlich in wollüstigen Posen ineinander verschlungen.

Ich war vom Anblick dieser Szene völlig überwältigt. Noch nie hatte ich aus derartiger Nähe ein Geschehen verfolgt, das jede Vorstellungskraft sprengte. Das Merkwürdige daran war jedoch, dass ich – und das kam nicht zum ersten Mal vor – alles, was ich sah, einer leidenschaftlichen, wenn auch unsystematischen und fragmentarischen Analyse unterzog, obwohl ich es nicht als logisch oder normal hinnahm. Die apokalyptische Szene war zwar in objektiver Hinsicht grauenhaft, veranlasste mich aber trotzdem nicht, ein moralisches Urteil abzugeben, wozu ich mich ansonsten angesichts der Realität – oder was ich aufgrund einer speziellen psychischen Deformation dafür hielt – immer gezwungen fühlte. Ich führte ja ein Leben wie ein einsamer Schiffbrüchiger auf einer Insel, die auf den Karten nicht verzeichnet war, und das ließ die Grenze zwischen Traum und Wirklichkeit oft verschwimmen. So war ich zum Beispiel imstande, für lange Zeit in eine Vision einzutauchen, die für meine gelegentlichen Besucher nicht entzifferbar war, für mich jedoch eine äußerst konkrete Erfahrung darstellte. Und deshalb stellte sich mir die absurde Szene wie eine Vision dar, die ich nicht nur erwartet, sondern sogar vorausgeahnt hatte.

Schön langsam wurde ich müde; allerdings schmerzten mich gar nicht so sehr die Augen, was aufgrund der heftigen Lichtblitze nicht verwunderlich gewesen wäre, sondern das Kreuz tat mir weh. Immerhin beugte ich mich ununterbrochen waghalsig über das Geländer. Ich konnte mich einfach nicht zurückhalten, obwohl ich wusste, dass es sinnlos war. Automatisch beugte ich mich immer weiter vor, um mir ja keines der Details entgehen zu lassen, die sicherlich bedeutsam, allerdings in dichten, diffusen Dunst gehüllt waren. Aber diese unbefriedigte Neugier sog mich aufs Neue auf. Nicht zuletzt, weil mir klar wurde, dass es einzig und allein an mir lag, mithilfe der Vorstellungskraft den Sinn dieser geheimnisvollen Dinge zu erraten. Denn das, was ich aus dieser ungewöhnlichen Perspektive sah, war für mich völlig logisch und zusammenhängend, obwohl es alle anderen wohl als absurd und irreal bezeichnet hätten.

Außerdem war es nach wie vor ein Rätsel, warum ich mich zu dieser Zeit auf dem Campanile befand. Aber auf diese Frage konnte ich später noch eine Antwort finden.

Die Szene war viel zu beeindruckend und in gewisser Weise auch erhaben (wie das Bild eines verwahrlosten Irrenhauses, in dem sich Lebewesen, die fast nicht mehr menschlich sind, in einem Rhythmus wiegen, der etwas grotesk Mütterliches hat), und nachdem sie aus sich selbst so unverhältnismäßig angewachsen war, kam sie auch noch so nah, dass ich sogar das Muster erkennen konnte, das die Sähmaschinen auf den Feldern hinterlassen hatten.

Mitten auf der weiten Grasfläche stand etwas, von dem ich mir nur vorstellen konnte, dass es ein unverhältnismäßig großer weißer Wurzelstock war. Er bestand merkwürdigerweise aus zwei verschiedenen, bereits hohlen Stämmen, die aus der Ferne gesehen so glatt waren wie ein vom Fleisch befreiter Knochen. Und dieses pflanzliche Bein wurde nach oben hin breiter, sodass es aussah wie ein Pferdebein. Seine Farbe – vergleichbar mit der Hautfarbe eines bereits ausgebluteten Schweins auf dem Opfertisch – ließ jedoch darauf schließen, dass es sich schauerlicherweise um das abgetrennte Hinterteil des Tieres handelte, dessen Innereien man wahrscheinlich schon in den Mülleimer daneben geworfen hatte. Und der trockenen und gespannten Haut des Opfers nach zu schließen, die an eine Eischale erinnerte, war es schon vor geraumer Zeit ausgeweidet worden. In der Bauchhöhle, die tatsächlich groß genug war, hatten sich einige erbärmliche Wesen eingenistet. Das konnte ich erkennen, weil dort drinnen ein unbehauener Tisch und ein Behälter beziehungsweise eine Art Fass standen, das eine Frau angestochen hatte und aus dem – möglicherweise – Wein floss.

Diese Höhle diente irgendeinem heimatlosen Wesen der Nacht als Zuflucht, was man an der Tatsache erkannte, dass daran eine Sprossenleiter lehnte. Wenn man genau hinschaute, konnte man sogar einen bis auf die Kapuze nackten Mann erkennen, der im Licht einer Laterne hinaufkletterte. Und am unteren Ende der Leiter stand ein völlig entkleideter Mann, dessen Haut aufgrund der Kälte schon völlig blau war, und der sich – wie man an seiner Haltung erkannte – mit einem Wesen unterhielt, wie ich es davor noch nie gesehen hatte. Aus einem kurzen, aschgrauen Mantel voller Flecken ragte der Kopf eines Geiers mit schrecklich kahlem Schädel. Oder so schien es zumindest. Bei genauerem Hinsehen stellte ich nämlich fest, dass es sich um einen riesigen Käfer handelte.

Rauch verdeckte jetzt wieder die Szene, allerdings nur in einem Zwischenbereich, denn am Horizont zeichneten sich vor dem von Lichtschein erhellten Himmel skelettartige Gebäude ab. Während der Strom der Soldaten, resigniert und ohne zu ahnen, was auf sie zukam, sich wie Lava über den Abhang eines Vulkans wälzte.

Ein Windstoß, der vielleicht von den Temperaturunterschieden infolge der Feuer erzeugt worden war, ließ nun wieder den monströsen Wurzelstock sehen, und um ihn herum wimmelte es von kleinen undefinierbaren Wesen, die alle mit irgendetwas beschäftigt waren. Vielleicht waren sie der Tragödie entronnen, die sich am Horizont ereignete, auf alle Fälle aber waren sie als Besessene oder Verdammte gezeichnet und zeigten sich vom Geschehen ringsherum völlig unbeeindruckt. Dann bemerkte ich, dass unterhalb des Turmes, auf einem Platz mit niedergetrampeltem Gras, zwischen komplizierten ausgeklügelten Gerüsten, die aussahen wie bei einer Orgie von Besessenen zerstörte Musikinstrumente, ein Gerkeuzigter gedankenverloren seine durchbohrte Hand betrachtete. Während andere Besessene oder ausgelassen Feiernde, Anthropoiden oder Tiere mit menschlichem Herz einander Nägel ins Fleisch schlugen, was ihnen die höchsten Wonnen zu bereiten schien.

Bis mein Blick plötzlich von etwas angezogen wurde, das kurz davor sicherlich noch nicht dagewesen war. Eine glatte weiße Plattform, die wohl aus dem Sumpf darunter aufgestiegen war und wahrscheinlich von einem Gitter gehalten wurde oder an unsichtbaren Seilen hing, schwebte in der Luft. Man hätte bei ihrem Anblick an ein Karussell denken können, wenn sich darunter nicht das unverhältnismäßig große Antlitz eines Mannes mit starrem Blick und nachdenklichen Augen befunden hätte. Seine Haut war weibisch und wächsern, ohne auch nur einen Anflug von Flaum, und sie hatte dieselbe Konsistenz und leuchtete auf dieselbe Weise wie der antropomorphe Wurzelstock. Aber der Mann schien sich dem obszönen Spektakel zu entziehen oder es zu beobachten. Eigentlich schien er sich zu verstecken, und zwar ausgerechnet unter der glatten Fläche (beziehungsweise dem ausgefallenen Hut), auf dem ohne sein Wissen wohlgenährte Vogelmenschen im Kreis liefen. Aber inmitten der tanzenden Gnome erblühte plötzlich völlig unerwartet eine Blume aus Fleisch, prächtig und obszön wie der Kelch, der bei einer schwarzen Messe benutzt wird. Ein praller, mit Blut gefüllter Schlauch, wie es schien. Aber das Bild war von einer frechen Doppelbödigkeit. Es hätte genausogut auch ein Dudelsack sein können, ein Herz, eine riesige Blumenzwiebel oder der Destillierkolben eines verstorbenen Alchimisten.

Oder auch ...

Ich konnte nicht mehr. Ich war erschöpft, ich bekam keine Luft mehr, irgendein Alp lastete auf mir, ich schwitzte wie in einem Höllenfeuer. Ich klammerte mich an das Eisengeländer, und einen Augenblick lang drangen unerträgliche, äußerst schrille Töne an mein Ohr. Dann, wie durch Zauber, war alles augenblicklich vorbei. Nur mein wild und unregelmäßig schlagendes Herz sagte mir, dass ich noch am Leben war. Aber ich hörte auch noch etwas anderes, das aus der Ferne näher kam. Eine Windhose ... oder ein Blitz. Meine Augen wurden geblendet von einem leuchtenden Balken oder einem

Kometenschweif, der mit goldenen gotischen Lettern übersät war, wie sie für gewöhnlich zu sehen sind, wenn die Seele aus dem Mund von Auserwählten oder Märtyrern entweicht. Er befand sich ganz weit oben am Himmel, er schwebte über den Bränden, die nicht in den Griff zu bekommen waren. Es gelang mir, einen Buchstaben zu entziffern, und dann noch einen ... Sie ergaben einen Namen, den ich kannte. Seit langem kannte ... einen klingenden Namen, der so vertraut und gleichzeitig so fern war wie ein Stern:

HIERONIMUS BOSCH

Und dann wachte ich auf.

Neben dem Bett, auf dem roten Leder des Stuhls, lag noch der Katalog des Prado.

Allerheiligen

Als der Motor abstarb, löste sich die Sonne, die unsichtbare Gottheit, gerade hinter einer zartrosa Dunstwand in Luft auf – ein für den November typischer Sonnenuntergang, der eher dem Reich der Phantasie als dem der Wirklichkeit anzugehören schien. Ich öffnete weder die Motorhaube, noch überprüfte ich den Tank, und ich versuchte auch nicht, den Motor anzulassen; mit einem Wort, ich machte nichts von dem, was man normalerweise in solchen Augenblicken tut. Möglicherweise hatte ich es erwartet, denn ich blieb – wohl zu Tode erschrocken – völlig unbeweglich sitzen, ohne die geringste Reaktion. Rundherum war alles gleichförmig grau, ich konnte nicht einmal die Linie des Horizonts erblicken. Und als das Boot langsam seinen Schub verlor, konzentrierte ich mich darauf, die kleinen Wellen am Heck zu beobachten, die sich scherenförmig öffneten wie ein Schwarm fliegender Enten. Zuerst bebten sie ein wenig, dann beruhigten sie sich und verschwanden schließlich im Nichts. Und dann fand ich mich auf das Dach der Kajüte aufgestützt wieder, gedankenverloren, irgendetwas erwartend, auf beinahe angenehme Weise in dieser traumartigen Stimmung verloren; irgendwo auf einem Meer, das völlig flach und vor allem menschenleer war, denn zu Allerheiligen fährt kein Fischerboot hinaus.

Das Motorboot gehörte einem Bekannten aus Mailand. Er meinte immer, ich solle doch die Gelegenheit nützen, wenn die Tage kürzer wurden. Um meine alte „Istambul" nicht aus dem Hafen holen zu müssen, hatte ich an diesem frühen Nachmittag beschlossen, im Golf zwischen Punta Savurja und der Mündung des Tagliamento auf Kurs 230 zu fahren. Es hieß nämlich, dass man dort, genau an der Grenze zu den jugoslawischen Hoheitsgewässern, Fische fangen könnte, wie man sie davor noch nie gesehen hätte. Ich hatte so viel darüber gehört, dass ich mich von der Aussicht auf fette Beute buchstäblich ködern ließ und die Gelegenheit beim Schopf packte, um endlich zu überprüfen, ob die Gerüchte auch stimmten. Ich hatte also vor, einen kleinen Ausflug zu unternehmen, und verfolgte damit wohl insgeheim auch die Absicht, die Melancholie zu vertreiben. Ich hatte nur wenige Köder mitgenommen: zwei oder drei frische und noch ein paar in Salz eingelegte Messerscheiden. Außerdem hatte ich viel zu kleine Haken und für die tiefen Gewässer viel zu leichte Senker. Und um die Wahrheit zu sagen, war es eine Verrücktheit gewesen, so aufzubrechen, spontan und allein, und vor allem, ohne jemandem ein Wort zu sagen. Ich war zwar in diesen Gewässern so gut wie zu Hause, aber das Meer ist doch nicht zu unterschätzen. Aus irgendeinem Grund war ich davon überzeugt – und im Grunde war das mein wahres Ziel –, dass ich nicht nur die sagenumwobenen Fische, sondern auch das Wrack eines Schiffes entdecken würde, das vor dem Krieg bei einem schrecklichen Sturm gesunken war. Das Wrack war zwar auf den Karten verzeichnet, aber niemand wusste, wo es sich genau befand. Wie man weiß, denkt ein Fischer, wenn er die Angelschnur zu oft hintereinander verliert (die unsichtbaren Fische verfolgt er mit seinem geistigen Auge ...), sofort an ein Wrack mit seinen uneinnehmbaren Höhlen. Deshalb wirft er mit verstohlenem Blick gleich irgendetwas ins Wasser, um die Stelle zu markieren: etwas, das nicht allzu auffällig ist und schwimmt und das sich wie zufällig auf einer Schiffsroute befindet. Eine anonyme Flasche zum Beispiel, die am Meeresboden von einem Stein festgehalten wird. Erst heute und nicht ohne Scham kann ich gestehen, dass ich ein solches behelfsmäßiges Gerät mitgenommen hatte, um das gesunkene Eldorado so zu markieren, dass ich allein es würde nützen können.

Das, was die Leute sich erzählen, was mündlich weitergegeben wird wie ein Märchen, von der Phantasie jedes einzelnen ausgeschmückt, hat immer einen wahren Kern, auch wenn es noch so unwahrscheinlich ist, und manchmal scheint die Wahrheit geradezu darauf zu drängen, ans Tageslicht zu kommen. Und die Worte nehmen die Wahrheit vorweg, wie man weiß, lassen sie aufgehen wie einen Teig, formen sie, sofern sie sie nicht überhaupt erst hervorbringen. Und deshalb bringt das Gewirr der Worte und der von ihnen erzeugten Bilder in uns unbekannte Gefühle – Begierden, Träume, Vorhaben – hervor. Und diese veranlassen uns, Dinge zu tun, die wir niemals für möglich gehalten hatten. Wenn ich also etwas zu meiner Verteidigung vorbringen soll, dann kann ich nur sagen, dass ich auch heute noch im Bann dieses faszinierenden und im Grunde harmlosen Märchens stehe, das die Fischer verzaubert, sobald die ersten Herbstnebel fallen, genauso wie ich dazu verurteilt bin, jede Nacht vom Meer zu träumen.

Man kann sich leicht vorstellen, wie groß meine Enttäuschung war, als ich nach vielen Versuchen feststellte, dass in zwanzig Metern Tiefe keine Spur von einem Fisch war, abgesehen von den üblichen Säckchen, die man den Möwen zum Fraß vorwirft, nachdem man den Köder entfernt hat. Nach einer knappen Stunde dachte ich also, dass ich mich lieber nicht von der Dunkelheit überraschen lassen wollte. An Bord gab es weder einen Meilenzähler noch einen Kompass, und der Zeiger der Benzinuhr stand immer auf „voll“. Aber das alles bemerkte ich erst, als der Motor ohne jede Vorwarnung abstarb.

Als das Motorboot (dieses schreckliche Plastikboot, das wie alle geschmacklosen Dinge eine undefinierbare Farbe hatte) wie ein Korken in der Strömung zu treiben begann, stellte ich mit Überraschung fest, dass es rundherum völlig still war. Und zweifellos wirkte diese Stille auf mich wie ein Schlafmittel. Zuerst beim Fischen hatte ich zwar vor mich hingedöst, meine Sinne waren jedoch bereit gewesen, alles zu erfassen, was in meinem Universum vor sich ging; jetzt aber fühlte ich mich auf beinahe angenehme Weise gelähmt. Als ob es in so einem Augenblick nichts Besseres zu tun gäbe, betrachtete ich mit größtem Interesse die Windungen der Angelschnur aus Nylon, den Senker, der die Form einer abgeschnittenen Pyramide hatte, die Tüte mit den in Salz eingelegten Ködern, die Schalen zweier Messerscheiden, die auf dem Steuersitz aus Kunstleder lagen. Auf dem Schiffsboden, in die Schnur eingewickelt, lag noch immer ein Meersäckchen. Seine Kiemen bewegten sich noch, obwohl es tot war. Doch irgendetwas in der Luft oder in der Tiefe meiner Seele brach plötzlich den Zauber. Ich bückte mich, streckte die Hand aus und packte den Fisch. Als ob ich mit dieser Geste das Schicksal der Welt besiegeln wollte, streckte ich die Hand über Bord, öffnete die Faust und ließ den Fisch ins Wasser fallen; er trieb einen Augenblick, drehte sich um die eigene Achse und sank leblos auf den Grund; aber bevor er verschwand, ging ein Zucken durch seinen Körper, er stellte sich senkrecht auf und schoss in die Tiefe davon.

Von diesem Augenblick an nahm ich – wie man so schön sagt – die Zügel in die Hand, als ob mich das Schicksal des kleinen Fisches im wahrsten Sinn des Worte aufgerüttelt hätte. Ich war allein, ich musste einzig und allein für mein Wohl sorgen, dennoch wurde mir schlagartig bewusst, dass ich die „Verantwortung des Kapitäns" trug (auf jedem Schiff, und sei es auch noch so klein, gibt es immer jemanden, der die Entscheidungen trifft). Auch wenn es, um die Wahrheit zu sagen, nicht viel zu entscheiden gab; ich konnte mich entweder abtreiben lassen oder so fest wie möglich verankern. Wenn ich mich abtreiben ließ, würde ich von der Südostströmung erfasst werden und musste darauf vertrauen, von irgendeinem Lastkahn entdeckt zu werden; wenn ich den Anker auswarf, musste ich warten, bis Hilfe kam. Auch wenn mich niemand vermisste, musste doch – so dachte ich – irgendjemand bemerken, dass das Motorboot nicht zurückgekehrt war. Ich entschied mich für die zweite Möglichkeit. Aber nach einem kurzen Kontrollblick wusste ich, dass die Ankerleine zu kurz war, um wirklich zu halten. Da nahm ich das Tau, um die Ankerleine zu verlängern, und befestigte am ersten Ring der Leine alle versenkbaren Dinge an Bord: auch den Stein, der für die Markierung der Stelle hätte sorgen sollen. Anhand der Ausrichtung, die das Schiff nimmt, kann man fast immer überprüfen, ob der Anker wirklich hält – und wenn es am Himmel und an der Küste keine Bezugspunkte gibt, kann man sich am Kompass orientieren. Aber die Situation war äußerst paradox, denn der Nebel war so dicht, dass man in einem Abstand von hundert Metern nicht einmal mehr sehen konnte, wie sich das Wasser längs der Strömungen kräuselte. Also der Kompass. Doch gab es keinen an Bord, auf dem Armaturenbrett wäre auch nicht genug Platz gewesen, um das Instrument einzubauen, das (und dessen war ich mir sehr wohl bewusst) lebensnotwendig war, wenn man sich wie ich auf dem Meer verirrt hatte. Ich hätte nicht einmal sagen können, wo Westen war, denn der schwache rosa Schein war schon seit geraumer Zeit endgültig erloschen. Meine Entscheidung, den Anker auszuwerfen, war also nicht völlig sinnlos gewesen, aber es war fraglich, ob das etwas brachte, denn ich konnte nicht überprüfen, ob das Eisen am Grund tatsächlich gegriffen hatte.

Mir blieb also nichts anderes übrig, als mir ein Bett herzurichten und auf den Sonnenaufgang zu warten. Die Kajüte war kaum größer als eine Hundehütte und gewiss unbequemer, zweifellos hatte hier noch nie jemand geschlafen. Als ich mich in absoluter Dunkelheit tastend orientierte, stellte ich fest, dass mir eine Decke zur Verfügung stand, an der zwar alle möglichen merkwürdigen Gerüche hafteten, die mich jedoch in der langen Nacht, die mir bevorstand, vor der Feuchtigkeit schützen würde.

Da fiel mir ein, dass heute Allerheiligen war. Ich dachte, dass morgen, zu Allerseelen, alle Friedhöfe, auch der riesige von Redipuglia, ein einziges Lichtermeer sein würden. Auf jedem Grab würde eine Kerze brennen. Auf dem Grab meiner Mutter brennt zu Allerseelen immer ein Licht, aber ich war kein einziges Mal auf dem Friedhof gewesen, seitdem sie tot war. Ich gehe nicht hin, ich kann nicht hingehen, weil ich glaube, dass sie sich wünscht, man möge auf andere Weise ihrer gedenken. Irgendwo – in einem Buch vielleicht oder in einer Lade – liegt ein Foto; es ist ein wenig vergilbt, immer wenn ich es herausnehme und lange betrachte, ist es ein wenig mehr vergilbt. Wenn ich das Foto meiner Mutter betrachte, bin ich sehr aufgewühlt, und dieses Gefühl ist etwas so Intimes, dass ich mit niemandem darüber sprechen möchte. Auch sie wirkt auf dem Foto sehr aufgewühlt; vielleicht weil sie gerade aus dem Meer kommt, das hinter ihr zu sehen ist. Ein Handtuch verdeckt ein komisches gestreiftes Badekostüm, und das Foto wurde gewiss am Strand von Grado aufgenommen. Damals war meine Mutter wohl kaum älter als zwanzig und noch österreichische Staatsbürgerin. Auch mein Vater war Österreicher, aber er war Mitglied einer „irredentistischen" Bewegung. (Es berührt mich ganz eigentümlich, wenn ich seine auf Deutsch geschriebenen Tagebücher lese). Aber meine Mutter teilte nicht seine Überzeugungen. Ganz im Gegenteil, wenn wir in einer Sommernacht auf dem Gehsteig saßen, lehrte sie mich viele Wörter auf Deutsch. *Die Muttter*, sagte sie, und ich wiederholte *Mutter.* Und dann, wobei sie den Zeigefinger auf meinen Mund legte, *der Mund,* und dann *die Nase, das Auge, das Ohr …* Wenn sie *der Tischler* sagte, musste sie lachen (mein Vater war nämlich Tischler). Aber nach diesem Spiel, das ich sehr ernst nahm, sagte sie ein Gedicht auf, bei dem sie beinahe zu weinen begann. *„Wer reitet so spät durch Nacht und Wind"* und dabei drückte sie mich fest an sich, *„es ist der Vater mit seinem Kind."* „Der Vater ist der Erlkönig", erklärte sie mir, „und um sein Kind vor dem Tod zu retten, ist er mit ihm in einer stürmischen Nacht davongeritten." Und damit ich wieder lächelte, sang sie mir daraufhin einen slowenischen Marsch vor, wobei sie die Knie im Takt zusammenschlug. *„Prva je kuharca, druga je kelnarca, tretja je ljubica moja srca.* Du bist mein Herz, *moja srca*", sagte sie und küsste mich. Und dann bat ich sie, dass sie mir vor dem Schlafengehen die Geschichte von Attila erzählte. Um sie so plastisch wie nur möglich zu gestalten, erklärte sie mir, dass der König mit seinen Rittern genau hier durchgezogen sei, und dabei zeigte sie auf einen Graben jenseits der Straße, in dem es nur so vor Glühwürmchen wimmelte. In diesen Nächten zuckten immer Blitze über den Himmel, und das Gewitter war so weit entfernt, dass der darauffolgende Donner wie die tiefsten Akkorde einer Orgel klang. Wie ein Echo rollten sie über die Hochebenen des Karst. Manchmal sah man im Schein eines Blitzes einen Berg am Horizont, vielleicht den San Michele oder die Hermada. „Genau dort, in den Bergen", sagte meine Mutter, „hat Attila in einer Nacht wie dieser den Isonzo überquert. Sobald sich die Nachricht verbreitet hatte, flüchteten die Bauern – die reichen auf Karren, die Sklaven zu Fuß – nach Aquilea, und nahmen alles mit, was sie tragen konnten."

Obwohl es meine Mutter nicht aussprach, wusste ich, dass sie eigentlich den Rückzug von Karfreit vor Augen hatte, wenn sie von diesen lang zurückliegenden Ereignissen sprach, und im Grunde war es wohl genauso gewesen: die Straßen mit Karren verstopft, Gebrüll, Tierkadaver in den Straßengräben, und über dem Ganzen der Geruch des verschütteten Weines, der aus den kaputten Fässern ausgelaufen war. Aquilea: Ich hatte schon so oft davon gehört, dass ich es im Traum bereits Tausende Male gesehen hatte, und als man mich zum ersten Mal dorthin brachte, glaubte ich mich nach wie vor in einem Traum zu befinden. An dem antiken Flusshafen beeindruckten mich vor allem die Poller und die Schrägen aus Stein, auf denen man die Boote an Land gezogen hatte. Inzwischen hat der Fluss seinen Lauf verändert. Und der Hafen liegt inmitten von Luzerne- und Maisfeldern. Als mir meine Mutter vom Brand der Basilika erzählte, fielen mir bereits die Augen zu. Sie bemerkte es natürlich, aber sie sprach weiter, als ob sie jemandem vom Unglück eines entfernten Verwandten erzählte. Ich träumte derweil von den Algen der Natissa, die auf dem Grund des Flusses wogten wie lange Frauenhaare. Ich wachte nur kurz auf, als sie die Grabstätte erwähnte; es hatte mir gar nicht gefallen, die Grabsteine im sumpfigen Wasser zu sehen, in das die Frösche plumpsten.

Ich war wohl in der Dunkelheit der Kajüte einen Augenblick lang eingeschlafen, während draußen leise das Wasser an mein Bett klatschte. Ich hatte keine Ahnung, wie viele Stunden vergangen waren, seitdem ich hier Unterschlupf gesucht und mein Leben an mir hatte vorbeiziehen lassen. Das Wetter bereitete mir keine Sorgen; einzig und allein die Bora hätte mir gefährlich werden können, aber so lange es so neblig war, würde kein Wind aufkommen. Das Boot schaukelte ein wenig, aber nur, weil ich mich bewegte, um eine bequemere Haltung einzunehmen. Als ich die Hand hob, berührte ich den Lichtschalter. Ich drückte ihn instinktiv, wusste jedoch, dass es kein Wunder geben würde; tatsächlich blieb es stockfinster. Da fiel mir etwas ein, an das ich bis jetzt noch gar nicht gedacht hatte: die Positionslichter. Auch bei ausgeschaltenem Motor müssen sie sich auf irgendeine Weise anmachen lassen. Vorsichtig schob ich die Decke weg, blieb einen Augenblick lang sitzen, und dann suchte ich tastend meinen Weg ins Freie. Mittlerweile war es um eine Spur heller. Mit den Fingerspitzen erforschte ich der Reihe nach die Instrumente auf dem Armaturenbrett, bis ich ganz oben links eine Reihe von drei Knöpfen entdeckte. Das sind sie, dachte ich. Aber bevor ich sie drückte, blickte ich mich um, um im Geiste die Umrisse des Bootes zu rekonstruieren. Beim ersten Klicken ging das rote Licht links an, dann das grüne rechts und schließlich das weiße Lämpchen am Heck. Beinahe ein Leuchtfeuer, dachte ich zufrieden. Ich kroch in die Kajüte zurück, und diesmal ging auch das Licht über meinem Bett an. Es war schwach und stimmte mich melancholisch, aber immerhin gestattete es mir, den Raum zu erkunden, in dem sich bei Sonnenlicht wohl niemand freiwillig auch nur einen Augenblick aufgehalten hätte. Totales Chaos. Und das Chaos der anderen ist zuweilen widerlich. Das eigene Chaos hingegen ist ein besonderes Chaos, ein diachrones Chaos, wie man vielleicht sagen könnte, eine „Ordnung", deren Entstehung wir beiwohnen. Man kann sich nicht daran gewöhnen, es entsteht Minute für Minute, Tag für Tag, bis zu dem Augenblick, in dem es die Fortsetzung unserer Persönlichkeit ist. Wann beschließen wir aufzuräumen? Wenn man nach längerer Abwesenheit an den Ort zurückkehrt, an dem man lebt, oder besser gesagt arbeitet. Aus einer gewissen Distanz betrachtet, wirkt das Chaos gefroren, erstarrt, es hat nichts mehr mit unserem täglichen Rhythmus zu tun. So beginnt man aufzuräumen, und zwar eher mit dem Hirn als mit den Händen, wobei man in erster Linie den Zustand wiederherstellt, in dem sich das Chaos um uns langsam zu bilden begonnen hat. Beim Aufräumen bringt man im Grunde die Gedanken in Ordnung: aber erst nachdem man die Spuren der neuen Ordnung, die sich verbotenerweise in uns eingenistet hat, während eines Urlaubs zum Beispiel, aus dem Geist getilgt hat. Das, was ich im Augenblick sah, war allerdings – wie ich schon sagte – schlichtweg widerlich.

Ich hob einige Zeitungen auf, die völlig durchweicht waren, ein paar Strümpfe, einen Badeanzug und dann noch einen fettigen Tigel Sonnencreme. Nur um die Füße ausstrecken und besser nachdenken zu können, wie ich mir sagte. Und ich musste lachen, denn indem ich diese Dinge aufräumte, begann ich genau mit der geistigen Aufräumarbeit, die mir in dieser Nacht ein so großes Bedürfnis war. Auf der Pritsche gegenüber lag nicht nur ein Rettungsring, sondern auch ein kleiner Koffer, auf dem ein Kreuz aus zwei Klebestreifen angebracht war. Das Klebeband war zwar nicht rot, aber das Symbol war eindeutig. In dem Koffer befanden sich wahrscheinlcih Alkohol, Watte, Mullbinden, mit einem Wort alles, was eine Bordapotheke beinhalten musste. Was sonst wohl noch darin war? Ich hatte jede Menge Zeit, es herauszufinden. Ich warf einen Blick auf den Titel der Zeitung, die auf dem Schiffsboden klebte. „Triest ist mit Flaggen geschmückt und feiert das Kin ...“ Und hier brach die Schrift ab, weil die Seite gefaltet war; und auf der Unterseite fand sich das Bild eines Mannes mit gesenktem Kopf und geschlossenen Augen, man sah ihn jedoch nur zur Hälfte, sodass man nicht erkennen konnte, ob der Mann mit den halb geschlossenen Augen und dem leeren Blick zum Beispiel eine Tasse Kaffee trank oder einem Prälaten den Ring küsste. Auch das Gesicht der Person war von der rechten Schläfe abwärts abgeschnitten. Ich beschloss, den kleinen Koffer zu öffnen, kniete mich nieder, entfernte den Rettungsring und legte ihn auf mein Bett. Dem Gewicht nach zu schließen musste er etwas Metallisches enthalten, vielleicht eine Reserve Senker zum Fischen, dachte ich, oder einen Kompass. Als ich die Schlösser aufspringen ließ, sah ich jedoch, dass er eine große Leuchtraketenpistole enthielt; und daneben lagen, noch in Zellophan gewickelt, drei Raketen. Sehr ermutigend, dachte ich, in dieser Gruft irgendetwas Nützliches zu finden. Aber was sollte ich bei diesem Nebel mit den Leuchtraketen anfangen? Ich schloss den Koffer und stellte ihn neben mich auf den Schiffsboden. Das Licht war inzwischen viel schwächer geworden. Ohne Motor gingen die Batterien langsam aus. Das war zu erwarten gewesen; und um Energie zu sparen, machte ich die Lampe über meinem Bett aus und ließ nur die Positionslichter an. Sie waren zwar zu nichts gut, aber zumindest erfüllte ich die Vorschriften. Mit den Händen suchte ich den Rettungsring und legte ihn mir unter den Kopf, und dann deckte ich mich zu und blieb in der Dunkelheit liegen und dachte nach.

Die Pistole. Bei Bedarf würde ich sie benutzen, aber nur, um jemanden auf mich aufmerksam zu machen, sonst ...

Als Kind hatte ich beim Spielen in der Erde neben einem frisch ausgehobenen Entwässerungskanal einen Revolver gefunden. Er war völlig verrostet, aber wenn ich ihn in der Hand hielt, wirkte er sehr eindrucksvoll. Das aufregendste Spiel war das Kerzchenspiel. Man legte eine Patrone auf einen hochkant aufgestellten Ziegelstein, und darunter, ins Gras, stellte man eine brennende Kerze. Dann so schnell wie möglich davon. Egal, ob wir Deutsche, Italiener oder Franzosen waren, wir hatten alle einen Helm. Die Bauern hängten die Helme an einer Schnur auf und pflanzten darin Geranien. Und die einfallsreichsten unter ihnen benutzten sie, um die Tröge in den Ställen auszuschöpfen. Auf dem Friedhof von Redipuglia, dem alten Friedhof auf dem Hügel, lagen eine Menge italienischer Helme herum, manche von ihnen hatten Einschusslöcher, die anderen, die neueren Datums waren, waren an den Kreuzen gelötet. Die Schützengräben, die man so gut wie möglich wiederhergestellt hatte, sahen aus wie immer, nach wie vor erbärmlich und traurig, und letzten Endes auch pathetisch. Manchmal ging mein Vater mit mir dorthin, und dann fanden wir an manchen Stellen einen Löffel, eine Brille (wenn auch ohne Gläser), genagelte Schuhe ... In einem Schützengraben befanden sich eine Schreibmaschine und in einer Glasvitrine ein angefangener Brief. Vor jedem Grab fand sich ein Stein mit einer Inschrift. Diese Schützengräben waren in Wirklichkeit Gräber; es schien, als wären die Soldaten erst am Tag davor gestorben. In den Inschriften war vom „Wind“ die Rede, von der „Heimat“, aber vor allem von der „Mutter“. Die Lebenden wissen nicht, dass man kurz vor dem Sterben seine Mutter ruft. Mein Vater ist mit vierundachtzig Jahren gestorben. Er war nicht wirklich krank.

Bloß ein bisschen Husten ... Aber als er seine Mutter über den Gang gehen „sah", rief die Krankenschwester mich an. Es war Mitternacht. Ich fuhr sofort hin. Jemand hatte seine Brieftasche auf den Stuhl neben ihn gelegt; als ich sie öffnete, sah ich, dass nur mein Foto drin war und sein Orden eines „Cavaliere di Vittorio Veneto". Abgesehen vom Schmerz verspürte ich eine große Traurigkeit.

Deshalb stelle ich mir meinen Vater, wenn ich an ihn denke, im ruhmreichen Himmel von Redipuglia vor oder in einer Nacht wie dieser am Damm der Lagune.

Als ich aufwachte, hörte ich zuerst ein fernes Donnergrollen, das jedoch bald aufhörte; danach war in dieser Einöde nur noch das Klatschen des Wassers gegen die Bordwände zu hören, ein äußerst zärtliches Geräusch. Ich fragte mich, wie lange ich wohl in diesem Zustand des Wartens verharren musste; ich kam mir vor wie bei einer Totenwache, außerdem hatte ich im Traum meinen Doppelgänger gesehen, wie es in der Allerheiligennacht oft vorkommt ... Das dumpfe Grollen hob wieder an, es ging von einem Punkt am Horizont aus wie ein Windstoß, dann hörte es wieder auf, bis es in größerer Entfernung wieder anhob und ganz langsam und allmählich näher kam. In meiner Lage, auf dem Rücken liegend, war dieses Geräusch völlig neu für mich; ich trat hinaus in den vielfarbigen Lichtschein und lauschte lange. Dann erkannte ich – und wunderte mich, dass ich es nicht früher erkannt hatte – das Geräusch des Flugzeugs, das fast jede Nacht über den Flughafen fliegt, der in unmittelbarer Nähe von Redipuglia liegt. Es fliegt immer über diesen Flughafen und tut so, als ob es landen würde. Es ist ein ganz besonderes Flugzeug, das nur zur Ausbildung von Piloten dient. Es brummt die ganze Nacht wie ein Käfer, doch die Menschen, die zu Hause vor dem Fernseher sitzen, bemerken es gar nicht. Die Linienflugzeuge gehen über Venedig in den Sinkflug, und wenn sie sich über der Mündung des Tagliamento befinden, haben sie bereits die Scheinwerfer eingeschaltet, und das rote Positionslicht blinkt.

Es war wohl schon sehr spät – oder sehr früh, je nach dem –, denn mein Magen knurrte, schmerzte beinahe, ich verspürte das flaue Gefühl, das ich genauso wie meine Mutter kaum aushielt. Aber es war am besten, gar nicht darüber nachzudenken. Ich ging zurück in die Kajüte und wickelte mich wieder in die Decke, als ob es meine eigene wäre. In Gedanken folgte ich den Piloten, die gleich über mich drüber fliegen würden. Niemand achtet darauf, aber von oben schaut die Lagune aus wie Heideland; das Wasser wirkt ganz flach und die tiefen Stellen sehen aus wie auf einem Aquarell, dessen Farben von Perlgrau bis Blaugrün reichen, und die Kanäle leuchten in einem tiefen Kobaltblau, vor allem dort, wo sie große Schleifen ziehen. An den Mündungen der Flüsse hingegen breitet sich ein Fleck in einem lebhaften, beinahe ocker- oder sepiafarbenen Grau aus, der wie eine Wolke am Himmel zerfließt.

Das Flugzeug flog wahrscheinlich sehr tief, denn als ich plötzlich aufwachte, schlug mein Herz wie verrückt. Das Geräusch war lauter geworden, aber ich konnte nicht erkennen, ob es sich entfernte oder näher kam. Das Merkwürdige war jedoch, dass gleichzeitig eine Art Keuchen zu hören war, als ob das Flugzeug, das an Höhe verlor, den Nebel in Schwingung versetzte; und sogar die Wasseroberfläche, die bis jetzt so glatt wie ein Marmortisch gewesen war, schien sich davon anstecken zu lassen. Es war mir noch nie passiert, dass ich unter meinen Füßen, auf dem Schiffsboden, ein Zittern spürte, wie wenn an einem Bahnübergang ein Zug vorbeifährt. Auch im Freien, mit der Hand am Steuerrad, hatte ich dieselbe Empfindung. Ich blickte mich mehrmals um, während das ungeheure Keuchen immer lauter wurde. Während des Krieges – aber allein der Gedanke daran war absurd – hatte ich ein ähnliches Zittern verspürt, aber in den Eingeweiden, wenn die fliegenden Festungen die Adria herauf geflogen kamen und genau an der Stelle, an der ich mich im Augenblick befand, nach Norden in Richtung Alpen abbogen.

Ich lehnte mich an die Kajüte, weil ich das Gefühl hatte, von Schwindel erfasst zu werden. Mein Schwächezustand konnte sehr wohl vom Schlafmangel, von der Nervosität und vom Hunger – ja auch durchaus vom Hunger – herrühren. Immerhin schwankt man auch, wenn man nach mehreren Tagen an Bord eines Schiffes wieder festen Boden unter den Füßen hat, weil sich unser Körper an das Schlingern gewöhnt hat, aber das war ja im Augenblick nicht der

Fall. Ich machte ein paar tiefe Atemzüge; ich stellte mich zwei-, dreimal auf die Zehenspitzen, und dann drehte ich ein wenig den Kopf, wie ich es oft machte, wenn ich mich entspannen wollte: zuerst nach links und dann nach rechts. Das Gefühl des Schwindels schien zu vergehen, aber dann nach einigen Augenblicken, während ich dem immer stärker werdenen Keuchen am Himmel lauschte, bestätigte sich mein Verdacht, dass das Boot seine Lage veränderte, aber nicht wegen der Strömung, und schon gar nicht wegen dem Wind, denn es gab gar keinen Wind; es war vielmehr, als ob eine Wassermasse gegen den Kiel drückte, oder besser gesagt, als ob eine riesige Wasserader von einer ungeheuren Kraft gegen mich gepresst würde. Außerdem glaubte ich zu hören, wie die Ankerleine heftig am Poller am Heck zerrte. Und dieses immer heftiger werdende Geräusch bestätigte mir, dass es sich nicht um eine Halluzination handelte, sondern dass tatsächlich irgendetwas vor sich ging. Aber dann war alles wieder wie zuvor, als ob nur eine einzelne große Welle vorbeigezogen wäre. Aber nur ganz kurz, denn der Druck von unten wurde so stark, dass ich mich am Steuerrad festhalten musste, um nicht hinzufallen. Erst jetzt wurde mir klar, dass dieses höllische Atmen nur von einer riesigen Maschine herrühren konnte, die inzwischen schrecklich nah war. Tatsächlich sah ich nach ein paar Augenblicken, in einem Abstand von hundert Metern, eine riesige dunkle Masse an mir vorbeiziehen, die der Länge nach zu schließen nur die Seitenwand eines Schiffes sein konnte. Ich hatte gerade noch Zeit, mir die Augen zu reiben. Eine kurze, wütende Welle hob das Schiff in die Höhe und schüttelte es ein paarmal hin und her, dass es fast gekentert wäre. Dann wurde das Schlingern schwächer, wie ein abnehmendes Schluchzen, obwohl die Wellen in regelmäßigen Abständen aufeinander folgten. Davon hatte ich allerdings nicht viel, denn das Boot, das vom Kielwasser angesaugt wurde – oder zumindest schien es mir so in diesem Inferno – drehte sich ein paarmal um die eigene Achse, wie ein Blatt, das von einem Strudel in die Tiefe gezogen wird.

Kaum hatte ich mich von dem Schrecken erholt, fiel mir die Leuchtraketenpistole ein, obwohl das alptraumhafte Bild, das sich mir eingeprägt hatte, mich sprachlos und ungläubig zurückgelassen hatte. Ich stürzte in die Kajüte, rutschte auf den Knien wie ein Verrückter und bekam den Koffer mit dem Kreuz darauf zu fassen. Ich öffnete ihn beinahe mit den Zähnen, leerte den Inhalt auf den Boden und ergriff wütend den riesigen Revolver. Wäre er geladen gewesen, hätte ich gewiss jemanden getötet. Keine Ahnung wen, aber ich hätte getötet. Fehlten nur noch die Raketen; ich packte eine, die auf dem Boden hin- und herrollte, und kroch auf allen vieren aus dem stinkenden Verlies. Im spärlichen Licht der Positionslichter gelang es mir irgendwie, die Waffe zu laden, und Verwünschungen brüllend, an die ich mich nicht mehr erinnere, hob ich den Arm gegen den Himmel. Ein Zischen, und eine Art leuchtender Komet warf sein Spiegelbild auf die Wasseroberfläche, blieb einen Augenblick am Zenit stehen und vereinigte sich dann, nachdem er im Herabfallen eine brennende Palme gebildet hatte, mit seinem Spiegelbild im Wasser. Dann war es wieder finster. Oder so schien es mir zumindest nach der großen Helligkeit. Aber dann, als sich die Augen an den dichten Rauch gewöhnt hatten, stellte ich allmählich fest, dass es in der Luft und an der Wasseroberfläche ringsherum schön langsam hell wurde wie am Morgen in einem Krankenzimmer und dass sich allmählich die Umrisse der Dinge abzeichneten.

Ich stellte fest, dass ich vor Kälte zitterte; ich ging in die Kajüte, wickelte mich in die Decke und ging wieder ins Freie, wie jemand, der urplötzlich sein Haus verloren hat, wie ein Verzweifelter, ein Flüchtling. Aber das sind nur notdürftige Ausdrücke, um den Gemütszustand von jemandem zu beschreiben, der in totaler Einsamkeit eine kaum vorstellbare Erfahrung macht. Schiffbrüchiger wäre zu einfach gewesen. Wenn es wirklich ein Schiff gewesen war, dachte ich, warum hatte man mich dann, verflucht noch einmal, nicht gesehen, bei den hoch entwickelten Geräten, die es heutzutage gibt? Oder waren sie einfach weiter gefahren, obwohl sie mich gesehen hatten? Aber war es denn wirklich ein Schiff gewesen? Ich schaute in die Leere und biss die Zähne zusammen, um sie nicht aufeinanderschlagen zu hören, und dabei dachte ich ans Meer, ich dachte darüber nach, wann sich das Meer mit meinem Schicksal verquickt hatte; wann das Meer in meine Welt getreten war und vor mir Gestalt angenommen hatte: Form, Farbe und Duft und Licht in den Augen. Und dass ich es der Familie eines toskanischen Eisenbahners zu verdanken hatte, dass ich es entdeckte.

Der kleine Zug fuhr durch die öde Landschaft und gelangte kreischend bis an den Rand der Lagune. Der kleine Bahnhof duftete nach Salzwasser und Tamerisken. Zwei Schritte über den sandigen von Grasbüscheln bewachsenen Boden, und dann die wunderbare Überraschung: Ein frisch gestrichenes Boot lag im Schatten und wartete auf uns. In der Ferne, auf der Insel, flirrten in der heißen Luft die wenigen Häuser, die sich um den Campanile scharten. Dann die sandige Ebene, die Algenhaufen und ein paar vereinzelte bunte Zelte. Zu Mittag, als ich durstig und von der Sonne ausgetrocknet war, sah ich, wie ein junges Mädchen mit den melancholischen Augen eines Sienaer Engels eine Melone aus dem Sand grub.

Ich konnte schon die Windungen der Nylonschnur auf dem Boden erkennen, den pyramidenförmigen Senker und die Tüte mit den Ködern. Ein Plastikeimer, der in dem Durcheinander am Vorpiek gelandet war, leuchtete in dem zarten Licht, das von Rot in Grün überging. Es schien keine Flagge zu sein, sondern das Ektoplasma der Melone, die in meiner Erinnerung zum Emblem jenes unvergesslichen Tages in meiner Kindheit geworden war. Dann löste sich das Bild im noch ungewissen Licht der Morgendämmerung auf. Ich fühlte mich eingetaucht in ein unbestimmtes Grau, das sich jedoch allmählich belebte, Luft, Licht und auch Raum wurde, denn ich hatte den Eindruck, dass die Oberfläche des Meeres in einem immer größer werdenden Umkreis wieder die unregelmäßige Kräuselung aufwies, die von den Strömungen hervorgerufen wird. In der Ferne, allerdings in einer schwer zu bestimmenden Distanz, zeichnete sich ein Pünktchen ab, das entweder eine Möwe war, ein Relikt oder das Häufchen irgendeines vergessenen Netzes. Mir war kalt, aber ich wollte nicht wieder hineingehen, denn nach der endlosen Nacht war der Tag auf jeden Fall ermunternd. Dann erinnerte ich mich, dass es Allerseelen war. Die Möwe, die ein paar Augenblicke lang verschwunden war, nahm deutlicher Gestalt an, vielleicht weil sie näher kam. Zweifellos flog sie auf mich zu. Zuerst warten die Möwen geduldig auf die Säckchen – die kleinen Fische, die man ins Meer zurückwirft – und dann fordern sie sie kreischend mit einem gutturalen Ruf ein, der an das Schreien einer rolligen Katze erinnert. Die Möwen haben ein unfehlbares Auge.

Wie beim Erwachen am Morgen befreite ich eine Hand aus der Decke, um mir die Augen zu reiben. Die Möwe flog ganz knapp über dem Wasser, beziehungsweise ein Schwarm Zugvögel flog ganz knapp über dem Wasser. Aber je mehr das „Ding" aus dem Nebel heraustrat, desto größer wurde es, nahm Form an und offenbarte sich schließlich als der Bug eines Schiffsrumpfes. Das Boot war schnell. Jemand trat an Deck und winkte zum Gruß. Kaum hatte ich das Boot der Küstenwache betreten, bot mir ein Matrose eine Tasse Kaffee an und fragte: „Wie geht es Ihnen? Motorschaden?" Aber ein Offizier erteilte dem Jungen einen Befehl, und er ging davon. Später sagte er leise zu mir. „Heute nacht sind drei große Kriegsschiffe unserer Flotte vorbeigefahren. Sie haben bereits am Molo Audace angelegt. Haben Sie gar nichts bemerkt? Triest feiert den fünfzigsten Geburtstag ..." Aber dann hielt er inne, denn der Bordfunk begann zu knarren.

Zigaina und PPP anlässlich einer Ausstellung Zigainas in Gradisca, 1973.

Die Lagune von Grado

Maria Callas und PPP

Maria Callas bei den Dreharbeiten zu „Medea" im Gespräch mit dem Regisseur PPP, 1969.

PPP in der Lagune von Grado, 1949.

Zigaina in seinem Atelier in Cervignano del Friuli, 1969.